书在版编目（CIP）数据

:日森林／（日）林真理子著；匡匡译．—北京：东方出版社，2022.4
SBN 978-7-5207-2429-6

Ⅰ．①秋… Ⅱ．①林…②匡… Ⅲ．①长篇小说—日本—现代 Ⅳ．① I313.45

中国版本图书馆 CIP 数据核字（2021）第 232936 号

中文简体字版专有权属东方出版社
著作权合同登记号 图字：01-2021-6210

秋日森林
（QIURI SENLIN）

作　　者：〔日〕林真理子
译　　者：匡　匡
策　　划：王莉莉
责任编辑：王蒙蒙　赵　琳
产品经理：王蒙蒙
内文排版：尚春苓
出　　版：东方出版社
发　　行：人民东方出版传媒有限公司
地　　址：北京市西城区北三环中路 6 号
邮　　编：100120
印　　刷：鸿博昊天科技有限公司
版　　次：2022 年 4 月第 1 版
印　　次：2022 年 4 月第 1 次印刷
印　　数：1—8000
开　　本：880 毫米 ×1230 毫米　1/32
印　　张：7.25
字　　数：175 千字
书　　号：978-7-5207-2429-6
定　　价：49.00 元
发行电话：（010）85924663　85924644　85924641

秋日森林

秋 の 森 の 奇 跡

［日］林真理子 著

匡匡 译

人民东方出版传媒
People's Oriental Publishing & Media

东方出版社
The Oriental Press

目　录

荫翳

哥哥真一打来电话时，日下裕子正端着壶往杯子里倒红茶。

裕子是一家进口家具店的店长，家具店附近新开了一家红茶专卖店。抱着尝尝看的心态，裕子选了一款英式早餐茶。此刻，她正往壶里沏入热水。比起红茶，老公康彦和十岁的女儿七实都更爱喝咖啡。一大早，父女俩便慌慌张张地灌了几口咖啡，嘴里衔着吐司出门了。送走老公和女儿后，裕子会悠哉地啜着红茶，读读报纸。对她来说，这是每日的"小确幸"[1]时刻。家具店十一点开门，十点前到店里就行了。嘴上吵着嫌胖，裕子还是在吐司上抹了黄油，又涂上一层从纪伊国屋超市[2]买来的橘皮果酱。这是她自少女时代便养成的习惯。红茶与咖啡不同，须慢慢啜饮。该去洗手间化妆准备出门了，而她还意犹未尽，想再品上几口。

1　小确幸：微小但又确实存在的幸福。
2　纪伊国屋超市：是以东京都为据点的高级连锁超市。

谁知此时电话铃声响了，裕子优雅的早餐时光被迫中断。望了一眼钟表，已经九点过两分。莫非是哪位心急搬家的客人那里出了什么状况？她寻思着，欠身取过听筒，却是哥哥久违的声音。

　　"这两天你能回来一趟吗？有事与你商量。"

　　要商量的是母亲典子的事。十二年前父亲去世时，母亲改建了家里的旧屋，弄成两户人家的格局，和哥哥一家保持着若即若离的关系，一直独自生活。就在几天前，她跌倒在浴室里。尽管没什么大碍，随即便出了院，但随后她的言谈举止却明显怪怪的，说起话来会忽然间前言不搭后语。

　　"没那回事。前几天我还跟老妈打电话呢，听她说话挺正常的。"

　　"会不会是早期痴呆啊，症状时有时无的。妈跟我家正美说点什么就不行了。果然女儿跟媳妇到底就是不一样啊。"

　　必须找医生看看才好。总之，哥哥说要跟裕子商量一下。

　　"少开玩笑啦。你当老妈多大岁数了，才七十二岁呢。这种年纪哪会痴呆呢！"

　　裕子高声抱怨着，脑子里却迅速计算了一下：说不定老妈已经七十三岁了。自己今年四十二岁，出生那年老妈正好三十岁。此时，老妈生日还没到，那就还是七十二岁。

　　一下子说不上母亲的年龄，裕子有些愧意，所以她也无法对哥哥太过苛责。再说，和母亲在电话里聊天，已是半个月前的事了。

　　"明白了。这个月我休周四，后天过去。"

　　裕子告诉哥哥，自己会提前吃完晚饭再去。嫂子正美人倒不坏，与其说她人情世故不够周到伶俐，不如说她对别人完全不上心。这种愚钝，许多时候难免被人误解是出于恶意。母亲却总一笑置之，认为这是嫂子大小姐出身养成的豁达。如此聪明又善解人意的母亲，怎么会痴呆呢？世间不会有如此离谱的事。

裕子不知不觉一直攥着听筒。快速通话的拨号设置，01 是母亲的，02 是丈夫办公室的，03 是隔三岔五会煲电话粥的好友田崎圭子的。

母亲房里的电话铃声响了起来。面积不大却很舒适的起居室，当初设计时费了不少心思，装修成老年人宜居的模样。起居室铺设了地暖，一出走廊便是适合老人使用的无障碍洗手间。房内摆着父亲在世时使用的全套茶色皮沙发。按理说，母亲典子该在这样优裕的环境里，安详地度过她的老年生活。不，必须是如此度过。

"喂。"

铃声响过五次后，听到母亲的应答，裕子心头大石方才落下。

"是我啊，我。怎么样？妈你还好吧？"

"托你的福，没什么变化。"

"有好好去手工教室上课吗？"

"嗯，当然。每周二我都按时去呢。跟平时一样，大家会到百货公司喝喝茶。别看冬天里请假的人比较多，我们组还挺努力的，上课一次不落，厉害吧？"

四年前，在学生时代友人的推荐下，典子开始去一间制作皮包手袋的手工教室学艺。学员大多是与她同龄的女性，课后大家一起到百货公司的茶室喝喝茶、谈谈天，比什么都快活。

典子的应答，没什么不对劲的地方。感到开心又放心的裕子，语气开始轻松起来。

"我说啊，你别光去手工教室嘛，多到户外走动走动。"

"我倒是这么想的，可一动弹就犯懒。"

"不行不行，别老说这种消极话，有人担心你老年痴呆了呢。"

"我吗？"

"是啊，是啊。我寻思哪有这种可能嘛。总之，你要多多打起精神来。"

"打起精神这种话，说说容易。"

"你可以和朋友们去旅游，再学点东西不也挺好吗？要不，夏天到来之前，和七实一起去泡泡温泉吧。唉，那孩子已经到了不喜欢泡温泉的年纪，我们两个人一块儿去也成。"

"是吗？那我就盼着成行啦。"

两人聊到这儿，挂了电话。

"真是的，老哥到底在想什么呢？"裕子自言自语道。名义上说是两代同堂，可嫂子轻易不到隔壁母亲那边去，老哥竟然听信她的话……原本她这人就冒冒失失的，有点轻率武断，而老妈说话做事又总是慢悠悠的，她肯定对老妈有什么误解。

真是让人虚惊一场啊，裕子站起身，走进洗手间。卧室里虽有专门的梳妆台，但平日的化妆她多数都在洗面台搞定。明知自然光下的妆容效果更好，她偏偏提不起劲去弄。因为受过好几次小小的打击。人过四十岁后，在明亮光线下打量自己刚起床的脸，绝不是什么好滋味。两颊松弛的赘肉和粗大的毛孔，令裕子为之深深叹气。更闹心的是，眼睛下面清晰如刻的皱纹。过大的眼睛是一切的祸根，衰老的皮肤似乎已渐渐无力支撑。怪就怪梳妆台面朝南边的窗子，它曾经一度让裕子考虑要不要去打针玻尿酸。

相比，洗手间就好多了。雪白的荧光灯，将裕子觉得碍眼的部分悉数隐去。站在镜子前的女人，看上去依旧年轻可人，在为自己的魅力而骄矜。

"确实啊，和年轻时不能比，已经好久没在阳光底下跟谁打过照面了。"

这话不假。基本上所有家具店，考虑到家具的褪色老化，在室内设计方面都避免了自然光的导入。裕子所在的这家店，摆放家具时也充分计算了直接照明与间接照明的强度。日常和朋友们见面，也总是在晚间。在日间的光照里，只有老公康彦和女儿七实有机会仔细注视裕子的脸。哦，不，感觉上，似乎好多年没有被康彦好好注视过了。早间，在夫妇俩合计当天的安排时，他的视线与注意力大抵有半数都投注在餐桌的报纸上面。

　　若把今早这件事告诉康彦，他会有什么反应呢？一定会发出一声亲昵的声音，然后会用还算关切的声音劝道："不要紧吧。咱妈怎么可能痴呆嘛！不会那样的，估计没事的……"最后的音量一定会越来越低。每当新闻标题跃入眼底，他总是这副心不在焉的德行。

　　康彦心眼儿绝对不坏，只是对岳母谈不上有多周到。在他看来，能少接触，就尽量少接触为妙。万一这回真有事发生，老公究竟会作何反应呢？

　　裕子忘了件重要的事。操心着母亲痴呆的问题，打电话唠嗑的工夫，才猛然记起周四的约定。随后打开手账一查，上面写着："酒田，生日会。"旁边标注着：六点半，以及青山一家餐馆的名字。酒田耕二是康彦从少年时代交往至今的一位老友。身为律师的他，声名显赫、人脉甚广，据说认识不少演员、IT行业的年轻企业家。一年一度的生日会，则是他炫耀声名的例行活动。会席式的晚宴，宾客数约二十人，每回都必提供奢豪的名贵红酒。酒田是个超级红酒迷，甚至在自家地下改造了一间宽敞的酒库。他会从收藏之中甄选几瓶佳酿，带至晚宴现场。席间高朋满座，受邀宾客也全是他一手精选出来的。裕子受不了酒田的世俗气，却抵挡不住红酒的诱惑，每年都会出席。今年也老早就收到了对方的邀请。估计座席顺序已经排好了吧，缺席的话未免太过失礼。最关键的是，康彦肯定也不会答应。

出身于初高中连读的名门贵校，如今也在母校担任教职的康彦，把男性友人间的交往，列在人生的最优先位置。时不时地，裕子总这样想。现实不免让她觉得，在康彦心目中，朋友的地位比家人更高。虽说有个关系不错的圈子，但酒田在其中则尤为重要。刚结婚时，康彦就硬拉她与酒田夫妇应酬交往。后来没过多久，酒田两口子离婚了。哎呀呀，裕子不禁偷偷开心。但好景不长，三年后酒田便再娶了一位年轻老婆，是裕子当年大学里的学妹。

"两家到底有缘哪。"康彦他俩擅作解释道。感到困扰的其实是酒田的年轻小娇妻吧？心里明明提不起劲，却碍于面子，必须装出对裕子十分仰慕的样子。派对上，不消说也格外需要花心思应酬。

"这位是我大学学姐，我老公好朋友的太太。"

想到这点，裕子就寻思，今年不出席大概也没关系吧？

结果，裕子终究还是去了。她刚提了一句"今年不太想参加呢"，康彦瞬间便把脸一沉。

"搞什么？酒田那边的宴会，不是老早定好的日子吗？你不去，人家两口子多担心啊。"

平时稳重随和的老公，一碰到朋友的事，总把面子、人情放在首位。

迫于无奈，裕子给哥哥打电话合计。谁知哥哥一听，就说事关紧急，别管有什么理由，周四务必要来一趟。

"我这边多晚都不要紧，一定得跟你商量。到了周末两家人都不容易抽出时间，你还是周四过来吧。"

去哥哥家，要从表参道坐地铁，到涩谷后换乘田园都市线，再坐二十分钟左右地铁就到了。八点一过从餐馆出发，如果不出意外的话，路上应该花不了太久。

挂断电话，裕子不禁有些心寒。老公也好，老哥也好，都真够自私的。自己赔着小心低声恳求，对方却大声颐指气使，一副强势的口吻，仿佛要用嗓门儿打败她，丝毫不愿想象一下她恳求背后的苦衷。

不过话说回来，时隔许久与老公携手参加宴会，倒也不算无聊。要不是康彦因为不肯出席的事埋怨她，没准儿还能更开心点。裕子穿着前阵子酬宾季时添置的阿玛尼套装，上衣领口设计得有点大，刻意露出胸前的肌肤。价格昂贵的名牌服饰，的确有着周密的计算，尽显女性身体之美，从腰部的收束，到裤子大腿部位的弧度，整体勾勒出一道玲珑的曲线。

"妈妈，你太美了吧！"最近对这种事格外眼尖的七实，发出热烈的赞叹。

与老公在 Spirat 大厦[1] 的咖啡厅碰头后，两人便马上动身去附近的餐厅。在电梯前，遇见一位手捧巨大花束的女士。

"哎呀，好久不见。"

"今年也有幸与您一起参加呢。"

靠贩售进口内衣起家，最近频频在各大媒体亮相的女社长，貌似已年近五十岁。那张脸看样子没少捯饬，油光水滑，找不到一丝皱纹。今晚这样的成功女性，估计得有好几位吧。

推开餐厅大门，店内已聚集了十来位客人，人人手里举着餐前开胃的香槟。

"哎呀，这边，这边！裕子酱一点没变，还是这么美！"

酒田迎上前来，一身西服，面料光鲜考究。都一把年纪了，还喊

1　位于东京表参道青山大道的一座大厦。

她"裕子酱"的，想来除了酒田也没别人了吧。他的娇妻身穿金丝银线混织的礼服，一眼便知是唐娜·卡兰的牌子。记得百货公司酬宾季时，这件衣服就挂在"新款上架"的区域。

裕子与老公从后方的座位，稍稍往前挪了挪。最靠前的上座，在酒田身畔，照惯例，依旧属于隔三岔五上电视的政治评论家夫妇。该政论家也是"再婚组"，新妻是位退役空姐，两人间的年龄差堪比父女。他们最近忽然与酒田夫妇交往甚密，甚至结伴去海外旅行。两位娇妻年龄相仿，从方才便时不时发出谈笑声。

"所以啊，真没必要这么死守旧情面。"小口啜饮着红酒，裕子心下嘀咕。就算中学时代再怎么亲密，如今，一边是参加了司法考试，在青山开设了独立事务所的当红律师，另一边的康彦读完大学成了区区一名普通教师。从各自的生活方式来看，两人早已分道扬镳，落脚在不同的位置。在自己的地盘里，找到匹配自身层级的友人快乐交往，不也挺好吗？何苦非要这么费劲攀高枝儿呢？

这时，一些字眼忽然进入裕子耳中。酒过三巡，主菜即将登场，宾客言笑晏晏，觥筹声、人语声彼此交错，连邻座说些什么几乎都听不清楚，却唯有这些字眼，闪着特别的色泽，携着古怪的力量，传入了裕子耳中。坐在康彦对面的，是每年必然列席的老熟人，一位经营顾问。虽说不晓得他是哪一行的专家，显得略为可疑，但这个名头同时也赋予他一种八面玲珑的魅力。此人与康彦边聊边不时爆出笑声。话题也越来越见低俗。这一点，听他俩聊天的语气也猜得出一二。

"哎呀，老师年轻有为，女人缘想必不错吧？不不，毕竟也是为人师表，大概没干过什么坏事儿吧？比如偷偷腥什么的。"

"这可没干过啊。"

老公的声音已略含几分醉意。

"但是，别看我老老实实的，年轻的时候经历丰富得很呢。"

"唉？老师挺有两下子嘛。"

"哈哈哈，就算当老师的，出了校门也是个普通男人啊。"

这话直戳裕子心尖。不算多大的事，醉酒的老公虚荣心作祟，吹了几句牛皮而已吧，一笑而过便好。明知如此，老公的话却在裕子心头狠狠剜了一刀，痛到她发慌。

"年轻的时候经历丰富得很呢。"

这到底是怎么回事呢？从谈话的过程来看，不像结婚之前的事。显而易见，康彦在暗示他有多次程度轻微的出轨。

"老公曾经背叛过自己。"

裕子感到浑身渐渐发僵。与此相反，她脑子里又有另一个声音，试图劝解自己："应该没什么了不得的大事吧？"她竭力想放大声音的音量，态度开朗到有几分造作地冲邻座那位女社长搭话道："哎，贵公司的内衣，设计得真不错呢，前阵子我在杂志上看到了。"

"当然啊，最适合您这样身份的女士穿着了。希望不管到了什么年龄，都保有一颗时尚之心的优雅女性，才会选择我们家的内衣。"

不管到了什么年龄……裕子差点扑哧一声笑出来。看来在对方的心目中，自己是个悲惨到家的中年妇女。她一口气灌下眼前的红酒。这是酒田为今晚特意准备的，一瓶 82 年的拉菲古堡。

"失陪一下。"

裕子起身离席，来到方才喝餐前酒的大厅，掏出手机。通讯录里没有保存哥哥家的号码，花了好大一会儿工夫，才拨通哥哥家的电话。

"喂，喂，是我。前面这场晚宴迟迟结束不了，瞧这气氛也不好中途离席。周末我再过去行吗？"

"唉，真拿你没办法……"

随后是一阵短暂的沉默，让裕子有几分不祥的预感。

"可老妈也没什么不对劲啊，我白天打电话过去，她谈吐挺正常嘛。"

"刚刚尿裤子了。"

"呃，你说什么？"

"在玄关处尿了一大泡。"

"真的假的？！"

"是真的，这也不是头一回了，前几天也尿了一次。她自己愣愣怔怔的，倒是没意识到。"

"我真不知道……"

"唉，知道你也忙，可好歹跟我合计合计啊。"

挂断电话后，裕子神情恍惚地往旁边沙发上一瘫。

母亲的痴呆，看来是真的。

这比当年听到父亲患了癌症，给她的打击更为巨大。当时母亲还很健康，裕子脚下，尚存一片近乎完整的大地。而如今，这片大地剧烈晃动着，发出坍塌的隆隆巨响。

此外，还有另一块土地。比母亲的土地年轻，绝对谈不上坚实，却也是十四年来，裕子一直满怀信心站立的所在。

"年轻的时候经历丰富得很呢。"

啊啊，裕子叫出声来。自己老了，将要走向人生的下半场。此后所能发生的，仅剩不幸而已。自己只是在今夜方才察觉。

老公康彦的话，仍然萦绕在裕子心头，无论如何挥之不去。

本不是什么了不得的大事，过阵子就忘了。她边说给自己听，边调整呼吸。谁知那句话，却随气息一道直往心底钻，左奔右突，碰得四处伤痕累累，并向着最深的地方沉落下去。

"别看我老老实实的，年轻的时候经历丰富得很呢。"

老公向其他男人得意扬扬地夸口。他确实是这么说的。所谓经历丰富，当然指的是跟女人的关系。

据裕子所知，康彦在"高中老师"这个身份里，绝不会逾矩半步。适量饮酒，从不沾赌。年轻那会儿烟抽得挺厉害，但五年前，过四十岁生日那天，便彻底戒掉了。一旦决心戒烟，立刻断得干干净净。他不是那种反反复复，戒了又吸、吸了又戒的性格。

和这样的人偷情的女人，会是什么类型呢？感觉不会是夜间做酒水应酬的那种。话虽如此，在一所初高中连读的学校里做老师，老公的世界很狭小，这不比一般公司，女性的数量寥寥无几。

莫非是哪个学生的母亲？裕子为自己大胆的推测吓了一跳，但想必离事实差不太远。

她去老公的学校观摩过一次运动会。别看只是场运动会，名校的家长们却绝不会等闲对待。身上穿的尽管是休闲服，可一望即知价格不菲。用来装便当的手提袋都是名牌货，搭配着爱马仕的经典铂金包。即使老公与当中某一位真陷入那种关系，她感觉也没什么不可思议。

裕子把女儿七实送进自己的母校，一所著名女子大学的附属小学，她深知这群年轻妈妈远比外表看起来更富冒险精神。

"不过，怎么可能呢。"

老公敢冒这么大的风险吗？与其说他小心翼翼、洁身自好，不如说康彦本质上是个守旧的男人。这份保守精神与循规蹈矩，尽管有时也令人觉得压抑，但不可否认，他是个有格调、重礼数的人。

然而，这样守规矩的老公却说："别看我老老实实的，年轻的时候经历丰富得很呢。"

想到这里，裕子脑子有点混乱。对于老公的出轨，她抓不住一个具体的画面。事实是存在的，但她怎么也无法将老公与那个事实联系在一起。而这些串不起来的推测，生出一个漆黑幽深的谜团。它如此阴森死寂，从刚一踏足进去的瞬间，就折磨着裕子的神经。

裕子认为，包括这个谜团在内，也同老公一道背叛了自己。

"背叛了我。"她喃喃出声。话音方落，几段记忆涌上心头。

二十八岁与康彦结婚之前，裕子谈过两任男友。其中一位算是裕子的初恋，两人自大学时起持续交往了六年。婚后第二年，该男子给裕子发了消息，称无论如何希望见上一面。当她向康彦撒谎，借口当晚和女友有约时，胸中是何其激荡啊。

在青山的意大利餐厅用过饭以后，两人去了一家从前光顾过几次的酒吧。不可以，不可以，心里不断告诫着自己，裕子还是在初恋男友的邀请下，走进了大楼旁昏暗的灯影里。初恋男友在她耳畔呢喃："知不知道听说你结婚的那一刻，我有多痛苦、多绝望？当时我才醒悟，自己失去了人生中最珍贵的东西。"

当初恋男友把手伸向她时，心醉神迷之下，她仍是拍开他的手，转身一路小跑地逃走了。没错，是真正意义的逃走。比起对老公的愧疚，她更多的是害怕。她想，万一尝到了出轨的滋味，有了背叛的体验，她怕自己将再也无法回到人生的常轨。

那之后，她生下女儿，没过多久便跳槽到了如今这家公司。每天经手各种高档家具，她自然结识了不少有钱的男人，也曾收到几次求交往的表示。都是些让人辨不清真心假意的甜言蜜语。与新婚时不同，裕子很清楚该用什么样的招式微笑遁走，甚至还游刃有余地保有一丝好奇心。距离她从黑影中仓皇逃走那年，时代已改天换地。小说、影视剧等开始满不在乎地描写起婚外情，仿佛是什么流行的热门事物。

然而，裕子却连向禁区踏出一步的念头也不曾有过。没有胆量是原因之一，同时也在于，她没有遇到太令她心动的对象。但更为关键的是，自己有老公有孩子的想法，时常支配着裕子。比起道德感来说，它更接近于一种原始信仰。她不愿与别的男人欢好，不愿在触碰过对方的身体之后，再用那双手为女儿做便当，替老公熨烫衬衫。

就这样，十四年过去了。

虽不曾确认过，但裕子相信，老公也与自己度过了等质等量的岁月。

孰料，老公却说："别看我老老实实的，年轻的时候经历丰富得很呢。"

而自己，却只是一味变老而已。从男人的臂弯逃离后，便再没开过小差。就这样走到了四十二岁的年纪。

置身于晚间的地铁里，裕子思绪纷纷。八点过后的田园都市线，座位上几乎塞满了下班的白领。站在拉环下方，车窗在夜色里成了一面镜子。不管情不情愿，裕子都必须面对自己的脸。万幸的是，这面镜子照不出皱纹与褐斑。镜子里面只映出一个面露疲态的中年女人。中年女人，多讨厌的字眼啊，裕子心想，可这是无法更改的事实。人一到四十岁便开始称为中年，似乎是世间惯例。"中年女人"这个称呼，裕子感觉不到丝毫褒赞的意味。

不管怎么说，既然自己已是一把年纪的中年妇女，母亲成为迟暮的老人，自然也在所难免。映在车窗里的自己，微微点着头。是当真已累到脱力的那种点头。毕竟各种事全赶在同一时间爆发，也是无可奈何。晚宴上老公说漏的那句话，让裕子想装聋都办不到。而晚宴中途的那通电话，又从哥哥口中听说了母亲的症状。母亲貌似真的开始痴呆了。哥哥真一催促说，必须和她紧急商议一下，总之，今晚务必得去一趟。

地铁驶到了娘家那一站。下车的人多到令裕子惊讶。过去可并非如此。在制药公司上班的父亲，当初把家建在这里时，周围还残留着片片农田，一到夜间四下则阒静无声。晚归的时候，父亲总会到车站来接她。而最近，这一带却陆续冒出不少高层公寓，似乎成了一片相当繁华的街市。从车站到娘家不过步行七分钟左右的距离，一路上却开了三家便利店。

走过昔日便有的医院拐角，娘家的院墙出现在视野里。占地九十坪¹的房子，或许早已称得上是豪宅了。裕子想起父亲过世那会儿，自己盖章的几份法律文书。当时在母亲的请求下，她同意了"放弃继承遗产"。母亲称，希望在这里度完此生。哥嫂便将老屋改建成了两户的格局，说要承担母亲的养老。若说不后悔，那是假话。不过，假如自己的牺牲，可以换来母亲幸福地安享晚年，那也并无不可。

站在正门前，裕子按响了门铃。屋内传来嫂子正美的应答声。

"抱歉来晚了，我是裕子。"

"请进。"

这句"请进"的声音，带着正美独有的语调，发音有股漫不经心的味道。平时听来倒也没什么特别的感想，此刻却让裕子觉得，把嫂子的性情表现得淋漓尽致。这个女人凡事不操一点心。

"妈已经睡下了。"正美边开门边说，"尿裤子这事好像对她打击还是蛮大的。我安慰了半天，成功地把她哄睡了。"

"不好意思。"

裕子嘴上赔着礼，心里却嘀咕，也不知这是第几十回、第几百回向嫂子道歉了。

1　坪：日本传统的建筑面积计量单位，一坪约合 3.3057 平方米。

久违地坐在哥哥家的客厅里。也只有在她回娘家时，哥哥才会偶尔往母亲那屋露个脸。

边桌与架子上装饰着大量家庭照，看得人心烦。照片上是哥哥的两个儿子，如今正在一所据说"超难通关"的私立小学念书。有几张照片的背景看起来像是在夏威夷。

哥嫂二人竭力守护的是什么，可谓显而易见。然而，裕子也有自己想要守护的东西。兄妹对视了片刻。哥哥开口第一句话便道："裕子，你知不知道哪家医院比较好？"那表情仿佛在说，要和妹妹一起开始做些什么，分担些什么。

"我向认识的医生打听过，说还是得带老妈去看精神科。这一来，对老妈估计会是个打击，传出去也不太体面。"

"也顾不上谈什么体面了吧。"

不愧是老哥嘴里冒出来的说法，闻言裕子情不自禁地噘起了嘴。

"万一老妈真痴呆了……"

"痴呆"的字眼一出口，裕子不禁为这两个残酷的音节毛骨悚然。

"肯定是要接受治疗的，必须定期带她跑医院随诊吧。"

"随诊什么的，可办不到啊。"

此时，裕子留意到嫂子从旁微微点了点头。

"痴呆不算病。上了年纪的人，治也治不好了。让妈住在家里，三天两头跑医院是行不通的。家人的负担太重了。在我看来，还是尽早送老妈去住专科医院或养老院比较好。"

"等一等。"裕子小声叫道。

"这也太心急了吧？咱妈才过七十而已。三天前和我聊天时还好好的。这会儿就算是痴呆吧，如果属于早期症状，我听说服药和随诊是能治愈的。在请医生看过前，就提什么住院啊、养老院啊，算怎么回事！"

"当然啦，接下来会请医生看过之后再商议。不过，最坏的情况下该走哪一步，必须提前跟你商量清楚。正美的伯父也是老年痴呆……"

"是啊，他今年也才七十五岁，就开始出现徘徊行为了。深更半夜到处乱转，把家人折腾得个个睡眠不足，都快累倒了。所以说呢，咱妈虽然挺可怜的，但还是尽早送进医院更保险。否则，一家子都得累趴下。"

"明白了，明白了！"

其实根本没明白，裕子一心只想打断嫂子的话。

"我一联系到专科的医生，马上就带老妈去看病。住院啊、养老院什么的，看完病再说也不迟吧？"

"可是……"嫂子又平静地开了口。

"你住得离家远，对咱妈的病情也许不清楚。我们可是早就开始受折磨了啊。"

之后，裕子便拿备用钥匙进了老妈的房间。母亲典子，绝非那种有板有眼、神经分兮的性格。客厅的圆几上，散乱地丢着报纸和杂志以及喝到一半的茶盅与茶壶。而这份随意，营造出一种温暖惬意的氛围。

裕子轻轻推开卧室的房门。正如嫂子所说，母亲已熟睡，昏暗的光线里，那背影动也不动。这静谧而温柔的睡姿，却秘密酝酿着崩坏的前兆。该如何让人相信呢？母亲才七十二岁。

"晚安。"

面朝黑暗，裕子低声呢喃。没有回答。这情景令人心安。能有如此酣睡的人，必会迎来一个正常而神清气爽的早晨。

两日后，好友圭子的来访，简直让裕子求之不得。她与圭子，自大学时代便是闺蜜。两人就读的住宅学系，并非以培养建筑家为办学目标，素来被称作"建筑家夫人的摇篮"。事实上，裕子好几位朋友也确实嫁给了建筑师。

系里有自己特殊的门路，由此毕业的学生，多数会进入设计事务所工作，随后便会与职场中认识的年轻建筑师结婚。田崎圭子属于这一模式的"微调版"。自女大毕业之后，她进入某知名建筑师的私人事务所任职，当时该建筑师已有妻子。然而，经过五年的婚外情，圭子终于成功上位，拿下了正室的名分。

圭子的老公，曾在海外举办的建筑设计比赛中赢得大奖，建筑家的名头前，早已缀上了"国际性"的定语。圭子时常陪同老公出席国内外的社交宴会。两人虽没有孩子，圭子似乎也不以为意，身材与美貌皆不改从前。好友调侃她"钓到了金龟婿"，圭子却扑哧一笑，仿佛觉得挺好玩。

"能量爆棚、事业上有拼劲儿的男人，无一例外都会花心。你要是忍得了这一点，我随时愿意把老公换给你。"

按照圭子的说法，再没有比建筑师更花心的职业了。兼具理工男的聪颖与文科男的浪漫感性，这样的男人，只结一次婚是不会罢休的。二婚三婚的也能数出好几名。有了名声与金钱，女人自然会送上门来。

"做了建筑师的老婆，就该看开点。趁自己被下岗之前，拼命地该攒钱就攒钱，该花钱就花钱。"

圭子的话逗得大家直乐。

圭子今天要带一位朋友到裕子店里来，两人约好之后一起吃午饭。

十点半，在开店前的晨会上，裕子在八名员工面前，朗读了当天的工作日程。

"十一点半，田崎女士光临，请大家务必认真接待，千万不可失礼怠慢。我有一位朋友，即将购入新公寓，会到店里挑选一套沙发。"

圭子身为知名建筑师的妻子，至今给裕子介绍了不少客人。每次裕子都会利用店长的权限，给对方打个九折。虽说是九折的售价，一套沙发最便宜也要五六十万日元 [1]，前后价格相差很大。不只客人，圭子也对她心存感激。

这天圭子带来的客人，是一对年轻到令人惊讶的夫妇。男方穿着廉价外套，像个常来参观家具的建筑系学生。据圭子提前透露的信息，这是一对创办互联网公司、赚得盆满钵满的社长夫妇。因他们计划购入位于市中心汐留区的一套两三亿日元市值的公寓，希望给全屋配上一套意大利家具。看来看去老半天，两人似乎并没有特别属意的款式，最终一件也没定下来。

"有快钱入手的年轻人，都是这副德行啦。"圭子操着风凉的口吻道。

港区白金台外苑西街这家中华料理店，食材选用上好的京野菜，两人正在这里吃着推迟的午餐。

"我想裕子你也清楚，对建筑或家具的品位，不是一朝一夕就能养成的。唉，刚才那两位，再狠命花花钱，多失败几次，大约就明白了吧。"

裕子给圭子简单地讲了讲母亲的病情。然而，老公那件事，她却纠结再三，难以启齿。她太了解圭子的脾气，大概圭子听了只会付之一笑吧。

"说什么呢，你老公喝醉了酒，纯粹吹个牛皮而已，你怎么傻兮兮的。"

1　日元与人民币汇率兑换：1 日元 =0.05683 元人民币。五六十万日元约 3 万元人民币。

好几次，圭子的明快与豪爽莫名拯救了她。可那件事在圭子满不在乎的口吻下，被稀释得不值一提，却让裕子有些受不了。比起老公的话题，关于母亲的烦恼，她反而更能毫无负担地说出口，也是不可思议。

"你妈妈一向那么美，明明是端庄又沉稳的一个人啊……"

圭子的神色有些落寞。

"可话说回来，我们这些年过四十岁的人，谁不为父母的事烦心呢。老公和孩子的问题，有运气的成分在内，偶尔会有人在这方面特别顺遂。可父母的麻烦啊，但凡有点年纪，就会公平地均摊在每个人头上。交给我好了，有家综合医院的院长和我老公关系不错，我马上联系他。"

接下来的时间，两人有一搭没一搭地闲聊着。据说，学生时代共同的朋友佐佐木正和拿了今年的建筑学会大奖。佐佐木走的是一条从东大本科直升硕士的学霸路线，长期不被工作机遇所眷顾，这回终于如愿以偿地拿了奖。

圭子快言快语道："所以呢，下个月会有场小派对，咱俩当然得去吧。"

"说不上来为什么，对那种花花世界，我现在特别怯场。"

"说什么呢！像我们这样的大美女愿意去捧场，人家不知道多高兴呢。"

"像我这种老阿姨，还能让人高兴呢？"

"哎呀，说什么丧气话！"圭子正色白了她一眼。

"我可不会相信那些管自己叫老阿姨的女人哦。才四十来岁，怎么就是老阿姨了？明明心里盼着被人夸年轻，嘴上还自称什么老阿姨，最讨厌了。"

结果，两人还是约好了去参加派对。

那天，裕子提早从店里出来，顺便去了母亲那里。

至于自家的晚饭，她已提前做好了咖喱，吃的时候热一热就行。直到去年，裕子每周三都会将晚餐交给一名女性小时工来做。如今简单点的料理，七实就能搞定。由于工作性质的关系，康彦多数时候回家挺早。打从前起，他就不反感下厨。手艺尽管谈不上多好，可凡是裕子拜托的事，他都能不厌其烦地做到，一直以来不知给了裕子多大帮助。今晚除了咖喱，他肯定也会用冰箱里的蔬菜再做一道沙拉吧。

裕子还在为那句话耿耿于怀，但她不打算为此扰乱正常的生活。总有一天她会向老公兴师问罪，但不是现在。总之，近来各种状况已经够叫人焦头烂额了。麻烦这种东西，不必急于一口气全部解决，需按照优先顺序逐个击破。为眼前太多的恼人事退缩不前，束手叹息，不如先着手解决眼下最急的事。这一点，并没有谁来教给裕子，她自然而然身负该项本领。当然了，毕竟不同于那些年轻女人，面对不知如何克服的困难，身体总会比脑子更先一步行动起来。

从位于白金台的家具店，打车到青山的大型连锁超市 PEACOCK，买了几样即时的小菜和主食，有酒糟腌制的银鳕鱼、蒸烧麦、酸白菜以及煮青豆。

走过精肉卖场时，裕子心头隐隐一痛。

在制药公司工作的父亲，曾带着母亲和哥哥去瑞士短期赴任过一段时间。那是裕子出生之前的事。母亲在当地学会了一道料理，是用酥皮裹着牛柳煎烤而成的。每到圣诞节或家人们的生日，母亲总要露上一手。如今兄妹二人已独立，父亲过世，从自家的烤箱里，再也端不出那道油亮焦黄、闪着诱人光泽的大菜。裕子一想到恐怕永远也吃不到母亲的拿手菜了，眼泪便涌出，不禁为自己这份多愁善感有些不安。

少女时代总消逝得如此迅速吗？在你尚未尽兴时，它已离你远去。独身的朋友常说，"有孩子的你不要太幸福哦"。养育孩子，尤其是女儿，不正是对少女时代的再度回味吗？就如同一种即视体验吧。不，这不可能。裕子敢于清楚断言。逝去的岁月绝不会再来，绝不。而对旧日的怀恋，强烈到远超她的预想。这份巨大的怀恋，在她心头撕开了一片老公与孩子都无法填补的巨大空白。

在回娘家的地铁里，裕子与纷涌而来的回忆纠缠不休。眼泪掉出来该如何是好。方才在超市的精肉卖场前，她光是望着那些大块的鲜肉，便忽然唤醒了许多记忆。

周日的早晨，父亲朗声道："喂，各位，要出发咯！"

家里刚换了新车，裕子雀跃难耐地巴望着全家一起去兜风。哥哥那时还是高中生，身穿水手领套头白毛衣，头发用摩丝打得油光锃亮，造作到简直过分。母亲穿针织开衫的样子好年轻，嘴里发出娇嗔，"讨厌哦，成天想一出是一出的"。母亲怀里抱着的狗子叫小雪，是条马尔济斯犬串串，聪明可爱，是全家的明星。小雪是哪一年死的呢？讨厌啊，连最宝贝的宠物死去的年份都忘记了。想到这里，裕子的眼泪险些夺眶而出。她掩饰地咳嗽了几下，抬手遮住半张脸。眼前坐着位年轻姑娘，疑惑地望向她。

回到娘家后，裕子劈头先问小雪的事。

"妈，咱家小雪是哪年死的，你还记得吗？"

"好像是你爸去世的前一年半吧？"

母亲不假思索地回答，令裕子有些开心。记性这么靠谱的老妈，哪里痴呆了嘛。

"那时候小雪怪可怜的。你爸来来回回住院、出院，我也顾不上照顾它。再加上它年纪大了，也没办法，早晨在我的床上身子凉掉的。

当时你爸重病，想想挺不吉利的，就赶紧把它送到宠物医院火化了。"

"是吗……"

"没能好好在家给它办个葬礼，到现在我还后悔呢……"

恰好米饭蒸熟，裕子把买来的小菜和冰箱里零零星星的几样东西都摆上餐桌。望着面前热气腾腾的餐盘，裕子感到母亲和自己的心情都渐渐平和下来。"要开口就趁现在。"裕子心里小声提醒自己。

"妈，说到我爸住院，我想起来一件事。"

裕子尽量装作若无其事的样子，可仍旧不敢直视母亲的眼睛。

"妈，你也去看看医生，好不好？我呢，也不是觉得你身体哪里不对劲，完全没有这样的想法。只是，你一向都在家庭医生那里简单查一下就算了，对吧？如今，社会上都推崇定期综合健康检查。我就想，你也去彻底体检一下，怎么样？"

"我呀，记不住东西了。"典子忽然开口道。

"前些天，正美'啊'的一声尖叫起来，我才意识到，自己正在噼里啪啦漏尿，当时吓得心跳都快停了。之后发生了什么，我真的全都不记得了。"

裕子注意到母亲眼底泛着泪光。泪意之外，更有怯意。而这份怯生生的神色，是母亲脸上从未有过的。这是什么前兆吗？抑或单单是老去的证明？裕子不明白。只是，母亲怯怯的神情像个无助的孩子，令裕子不寒而栗。讨厌！不要啊！我绝不接受这种事！裕子真想像孩子一样，扑进母亲怀中大哭一场。然而，现实不会允许她这么做。再一次，裕子做了件没有任何人教她的事：毅然决然，直面母亲的衰老。

"小便失禁这事，并不意味着患了痴呆哦。身体某部分机能出了问题的可能性是很高的。所以，好好做个综合性的体检更放心。"

"对啊，没准儿是的。"典子点点头，眼底孩子似的怯意瞬间消失了。

"这阵子有些事，连我自己都觉得惊讶。刚才到底来这屋干什么呢？有些事我怎么也想不起来。"

"这种情况，我时不时也会有啊。"

"我跟你的情况根本不是一码事。我已经确确实实控制不了自己了。"说完，典子目光灼灼地看着女儿。

"我听你的，会去医院好好查一查。不过，有件事得先说好。要是发现我真的痴呆了，哪怕早一天也好呢，赶快把我送进医院去。就算诊断错了，也千万别拖累你和你哥来看护我。我以前也想过，自己哪天也许会摊上这种事。这一天竟然真的来了。可我真没料到会这么早，也是失算吧。不过，我绝不要扰乱你们的人生和生活。裕子，求你了，跟妈妈立个约定。"

"妈……"

裕子再也忍不住了，扑向母亲的肩头。

结果，在相熟医生的介绍下，裕子带母亲去了大学附属医院的神经内科。至于看病头一天怎么会有兴致参加派对，她自己也想不明白。说是过去的老朋友，可最近她和佐佐木根本没来往。最关键的是，他与圭子所在的那个世界，对如今的裕子来说，过于光芒炫目。

谁知，圭子不停地打电话来约，几乎到了扰人的地步。

"不行啊，不行。裕子你可不能不来。感觉这次派对的嘉宾，有一个算一个，今后都会是你店里的贵客。"

况且佐佐木本人，也说非常希望见到裕子。

"那是啊，我早就大肆宣传过了，说你出落成了大美人。"

"亏你真能说出口，抓住我这个老阿姨乱宣传。"

"瞧你，又把'老阿姨'这种词挂在嘴上。"

圭子郑重其事地将她数落了一通。

"你明知我有多烦这个字眼，不是吗？基本上女人一过四十岁，总会自曝其短地拿这种话称呼自己。自己叫自己老阿姨的女人，才是妥妥的老阿姨呢。"

"好，好，知道了。"

"再说了，佐佐木君从前就喜欢你，这你也清楚吧？"

近来圭子总把这话挂在嘴边，但裕子怎么也记不起来了。彼此是学生时代的老相识了，当时正处于对爱情格外敏感的年纪。可裕子把记忆的碎片拼来凑去，也想不出佐佐木在哪里对自己表现出好感。只记得他是个好玩的话痨青年，总逗自己发笑，仅此而已。

"那是因为啊，你当时正和森川君交往，眼睛里根本没有别人。"

圭子甚至报出了裕子旧恋人的名字。

"唉，单从外形来说，森川君显然帅得多。不过，如今佐佐木君也不赖哦。再怎么说也拿了建筑学会大奖，成就非同小可，早不是什么'日后的希望之星'所能形容的。"

圭子的后半句话，隐隐透出傲慢之意。毕竟，她的老公早已被誉为"国际大师"了。

犹豫再三后，裕子决定穿阿尔伯特·菲尔蒂的若草色套装出席派对。这身菲尔蒂也是酬宾季时入手的。面料与颜色之美，属实有大牌风范，是她最珍爱的一套装备。搭配米色浅口鞋，浑身上下洋溢着青春的气息。由于工作的关系，裕子对配色十分敏感。她不怎么紧追流行，但在小饰物的使用上颇费心思。她很快便厌弃了千篇一律的黑皮鞋，喜欢根据衣服的颜色，稍微动动脑筋，去搭配鞋子、手袋。因此，她手头收藏的饰物，也许算得上相当丰富。

走进约好碰头的酒店休息室，入口近旁的座位上，圭子恰好正在补口红。裕子不禁眉头一蹙。圭子不改作风，仍是一袭花哨的打扮。

她穿了一件嵌有金丝银线的淡紫色连衣裙。大约是件华伦天奴吧。浑身首饰琳琅满目。这种穿戴风格，多数女性必然都无法驾驭。比例曼妙的身材、轮廓立体的美貌，再加上豪华的名牌服饰，三要素任缺一种，都营造不出这种脱离日本人范式的美感。每次见面，圭子都越来越雍容华美。然而，裕子并不认为这份美诞生于幸福。很难具体形容，圭子的美，恐怕不属于正常人妻所能具备的那一种。此刻，正旁若无人张着嘴补涂口红的圭子，与昔日不同，带着股颓废气息，有那么一瞬，看起来像个高级妓女。

"这边这边！"她招着手。无奈之下，裕子只好在她面前的椅子上坐了下来，实际恨不能立刻进会场去。毕竟这间休息室里，咖啡要一千二百日元一杯。

"今天说是开派对，其实办得挺朴素的，撑死来个一百人左右吧。毕竟佐佐木君也不是人脉多广的人物。啊，这边，这边！"

圭子朝裕子背后挥着手，看样子她同时在等另一个人。一位个子高高的男士大步向这边走来。无论是身上的意大利西服，还是未系领带的衬衫领口，都可一眼即知，来人绝非普通的上班族。裕子心里一阵不悦。昔日，她便最怕这样冷不防被安排与陌生人见面。圭子不可能不知道，却常常神经大条地这么干。

"这位是伊藤先生，切克兴产的社长。啊，这样介绍可能听不懂吧。就是法式连锁餐厅 Brasserie Femme 和 Lucia 的社长。"

此人在东京经营了数家人气法式餐厅，最近时常登上各家媒体。说起来，裕子好像的确在哪儿见过他。眼窝深陷的圆眼睛，俗称"金壶眼"吧？看起来不免略显鄙俗，却被富有魅力的嘴角挽救了。

"这位是日下裕子，我学生时代的闺蜜。在 Eccletika 的白金店担任店长。伊藤先生自然很熟悉吧？"

"知道知道。贵店的家具价格不菲，不是我这等人所能企及的。"

"满嘴瞎话。"

"真的啊。等新店开张的时候，我和负责人会坐经济舱去意大利淘点便宜的家具回来。"

这话好像在哪里听到过。在某次采访中，这位社长谈起了店内的家具，记得他好像抱怨过东京的进口家具实在太贵了。当时裕子一点没觉得反感，还心说此话不假。

"好啦，咱们进去吧。"

圭子站起身，香水味刺鼻。伊藤随手抓过账单，仿佛理所当然。

"啊，怎么好意思……"

"小菜一碟，给个机会让我请二位女士喝杯茶。"

两人为账单客套的当口，圭子头也不回地走掉了。礼服背部深 V 的开口设计，露出她晒成蜜色的性感肌肤，令人叹为观止。果然看起来不像普通人妻，裕子心想。

与圭子并肩走入会场。在圭子口中，这是一场朴素的派对，其实不然。也不知嘉宾都是些什么来历，但其中混着电视里见过的明星。站在墙边，手持酒杯，正与人微笑寒暄的，是裕子也知道的某著名建筑师。此人素有美男子之称，他父亲是位著名的作曲家。他相貌英俊，有几分早年影星的风采，长身玉立，颇引人注目。

今晚的主角佐佐木，正被一群人围住道贺。圭子施施然插入其中。

"佐佐木君，今日恭喜你。"

"啊，多谢！"

他的回答略显马虎。好一阵子没见，头发稀疏了不少。

"瞧，你心心念念的裕子，我给你领来了。"

被圭子这样隆重地推荐了一把，裕子羞红了脸。

"日下女士，好久不见啊。"

"是啊，记得上回见面还是在八年前吧。今天真的恭喜你。"

"多谢你。今晚玩得尽兴点哦。估计要来不少过去的伙伴呢。"

被圭子那样大张旗鼓往人家面前推送，但从佐佐木的表现来看，也感觉不出他对自己抱有超出好意的任何心思。虽说并没有期待过什么，裕子还是有种被耍了一把的落空感。

不一会儿，佐佐木的恩师，东大教授兼建筑评论家，开始了今晚的致辞。发言不只漫长，还掺杂着大量专业术语，会场里哈欠一样的叹气声此起彼伏。

"喂，等这场发言结束了，咱们就出去吧。"圭子悄声低语。

"哦？这就回去吗？"

"又没几个认识的人，料理也好难吃。跟佐佐木君也道过喜了，不就行了吗？喂，伊藤，伊藤，喊你呢。"圭子扯扯旁边男人的袖子。

"喂，这里我们待烦了，想找间你家的馆子吃饭呢。"

"那自然是没有问题。不过我家的馆子可不算什么高级地方，都是年轻人消费的便宜料理。"伊藤笑嘻嘻地回道。

"这我知道……那，你预约个好吃的地方呗。"

"好，好，遵命。"

以为将持续很久的漫长发言，终于结束了。三人步出会场，向出租车停靠站走去。

"咦？来接你的专车出什么事了？配了司机的座驾在哪里？"只是干杯前喝了几口酒，圭子却装醉开起玩笑来。

"像我这种干餐饮的穷苦老头子，哪来什么专车呢。出租车，出租车就是我的座驾。"

出租车驶向东麻布。三人走进一间意大利餐厅。

“不好意思，帮我腾个位子，拜托了。”

伊藤向相熟的店长打招呼。然而，这似乎是间人气店，座位都被占满了。正东张西望，发愁怎么办时，伊藤朝二楼走去。这里并不是什么精致的雅间，用来放纸箱的凌乱空间里，孤零零地摆着一张餐桌。

“这是该店的特等席位。他家日常总是满客状态，这里的席位，是专为非要吃上一口的任性客人准备的。”

从刚才起，裕子几次打算中途开溜，却错过了机会。不，机会倒是有的，可惜她办不到。岂止办不到，她简直舍不得从眼前快活的气氛中离开。这份喧闹与惬意，是神赐予自己的久违的享受。而且这里有一位男士，他从方才便对自己青睐有加。

伊藤对红酒确实精通。

“这家店啊，好酒收藏得相当齐全，而且不像我们家那么抠门儿。”

这句话逗乐了来点单的侍应生。

“我家吧，只卖一些搁在原产地根本不上档次的便宜货，一般每瓶定价三千到四千日元。对年轻人来说，这样的价位点单时最没有心理负担。再说那些小情侣们，也能美滋滋地干上几杯红酒，就觉得满足啦。”

“伊藤先生真会做生意呢。钱大赚特赚的，不会嫌多吗？前阵子在汐留那边开的咖啡餐厅，也挺红火的嘛。”

“哪里哪里。新店还要陆陆续续开张，每天的状态都像走钢丝。要是嫌钱多的话，那就完蛋了。”

伊藤与圭子你一言我一语，聊得热火朝天，同时大口畅饮着杯中佳酿。裕子对红酒只略懂皮毛，但也知道伊藤点了瓶昂贵的巴罗洛。对这款红酒的标签，她还有印象。前阵子，在应酬的酒局上，有位男士为她开了这款酒。那是一个在名古屋经手多门生意的大商人，给买在惠比寿的公寓配齐了全套意大利家具。

那个男人明显对裕子有意，只是年纪无论如何太大了。再加上有本公司的部长同席，为了不失礼数，裕子敷衍地应酬了几个回合，对方便马上退却了。不算什么了不得的艳遇，只是一点小小的回忆。

裕子望向瓶身的标签，从中确实可以窥见男人对女人到底有多少心思。对待初次见面的女人，男人会采用红酒攻势。点多高价位、何种水准的红酒，显示出他兴趣的多寡。男人会将心意换算成等价的金钱。这有点像一场小小的卖春。今晚的自己，看来价格不菲，裕子在酒意微醺的脑袋里思忖着。这恐怕不是对圭子的估价吧？这一点她心知肚明。毕竟男人的目光，从容但确实盯向了自己这一边。这样的目光，对裕子来说实属久违。假如排除前阵子那位色眯眯的老头子，已时隔数年了吧。

出门时一丝不苟地化了妆，真是万幸。平时总随便涂涂的睫毛膏，为了参加派对，也花时间细细刷了好几层。粉底应该也未脱妆。最幸运的是，朦胧柔和的灯光给妆容加了分。哪怕对面的男人纯属一时心血来潮，经受不住他视线的检阅，对裕子来说也是不堪忍受的。

前菜陆续端上了桌。

"这家店一点也不拘束。"伊藤道。

点了几道菜，三人一起吃。芸豆沙拉、生火腿以及渍章鱼，被伊藤手法熟练地分装在各自的盘中。单手驾驭刀叉，是个相当有难度的技术活。

"哎呀呀，社长大人，手法挺漂亮嘛。"

"说什么呢。好歹我干这行也三十年了。上大学的时候，在啤酒馆里做过侍应生，算是入行的契机吧。话说，两位女士，你们为什么想当建筑师呢？一点不像寻常女人的样子。"

"这话哪儿跟哪儿啊。做建筑师什么的，我们一点这种念头也没有过。对吧，裕子酱。"

当着一个压根不熟的男人，被圭子像昔日那样用"酱"来称呼，裕子有些难为情，感觉像两个中年妇女在强行扮嫩。

"我们读书那会儿，住宅学是热门学科。在家政学当中，属于唯一完美具有理科感的专业。"

"是啊，我们这群人里，没有谁成为建筑师，最多在装修改造工程公司工作，或是像我这样，在家具经销公司任职。"

"还有知名建筑师的太太……"伊藤恶作剧似的调侃道。

"看来二位的专业，是个传统悠久、建筑师夫人辈出的学科嘛。应该叫什么来着，一种默契的社会共识吧？"

"才不是呢。各个建筑设计事务所里，我们学科的女生可是一代代承包了所有的实习工作呢。"

"就像退役之后回去打杂的相扑手那样吗？"

"算是吧。比一般的大学生来说，他们对建筑方面多少更了解一些。"

"所以呢。"

伊藤笔直地凝视着裕子，仿佛刚才整场漫不经心的谈话，都是为了给这一刻做铺垫。

"日下的先生，也是建筑师吗？"应该不是吧？他的眼神似乎在如此质询。

"不，她先生是教师。"

"哦……是学校的老师啊。"伊藤发出由衷的惊讶声。

"说是老师……"圭子不知为何从旁大声插话，"人家可是名校星誓学院的数学老师。"

"这就太厉害了吧。这是一所批量生产东大高才生的学校嘛。我侄子去年也考了，但是落榜了。"

"我先生在家从来不谈论学校里的事，我也不清楚。"

"话虽如此，星誓学院的老师挺有一手嘛，能娶到这么优秀的女人做太太。"

瞧，来了吧。裕子微微有种赌赢似的自豪。男人的目光越来越露骨，她猜，要不了多久便会说出这句话吧。

"打住，打住，伊藤先生。你这么撩拨裕子酱，可惜啊，别看已届中年，人家还是一对恩爱夫妻呢。更何况有个可爱的女儿。美满的一家人，登上女性杂志的彩页也不稀奇哦。"

"哎呀，哪有啦。"

圭子这话，几分是真，几分是假？平日里也不见她有多羡慕自己。对别人的婚姻家庭一向全无兴趣的她，却说出"美满的一家人"，似乎半带挖苦。

"就算再美满的一家人，太太给我个邮箱地址总行吧？"

伊藤不失时机地从挂在椅背的外套里掏出手机。

"偶尔发个消息呗。"

找不出什么反对的理由。手机号和邮箱地址，裕子也告诉过店里的一些客人。现如今，互加邮箱地址就如同互换名片一样。圭子的目光多少令人在意，但裕子还是从包里取出了自己的手机。待机界面是今年正月七实身穿全套和服拍的一张照片。裕子急忙按下开机键，但已经晚了。

"哎呀，很可爱嘛。是你女儿吗？"

"正读初中？"

"不是，目前读小学四年级。"

"令人羡慕啊。我家的两个都是男孩，真羡慕那些有女儿的人。"

裕子略觉败兴。倒也并非期待着什么，只是没料到男人会忽然聊起家庭的话题。这岂非在表示，从一开始就没打算加入游戏？

"儿子的话，前途更值得期待嘛。"

裕子淡然一笑。不管在谁看来，都只能断定是出于社交礼仪、不冷不热的笑。算是一个小小的报复。

"将来必定要继承父亲的家业吧？儿子不是挺好的吗？"

裕子用敬语将男人拒之于千里之外。区区两个小时内，便体验了如此纷繁复杂的情绪，大约是因为自己喝醉了吧。

吃完甜品后，伊藤从胸前口袋掏出三张打车券，交给侍应生。

"不好意思，帮我叫三辆车。"

"啊，不用了，我坐电车回去。"

"别客气，请让我尽到一点心意。作为中小企业的穷酸老头子，没有配备司机的专车，能做的只有这些了。"

伊藤微微一笑。那张脸绝对谈不上英俊，但闪耀着男人阳刚的帅气。那是属于多金男独有的、略显鄙俗的魅力。大约会有女人为此心动吧。裕子心忖，我不会成为其中一员。

在回家的出租车中，手机的短信提示灯闪了闪。按下接收键，不出所料，是刚刚才道过再见的那个男人发来的。

——今日幸会，非常高兴。下次找间更正式的餐馆吃顿便饭吧？日下女士，您乐意赏光吗？

裕子没有立即回复，靠在后座的椅背上，心里哧哧偷笑。少女时光仿佛又重现眼前。接到男生发来的邀请，总会左思右想，考虑着什么时候回复对方才好。当年那些狡猾的小心机、小伎俩，她早已忘光了。四十二岁的自己，何以比二十岁的时候还要生涩而纯情？这方面的智慧，一旦疏于运用，似乎很快便折了旧……

因醉意与自恋而变得甜丝丝的心境，没一会儿便冷却下来了。明天必须带母亲去医院。诊断结果会怎样呢？母亲果真开始痴呆了吗……

裕子琢磨着，仿佛要给今晚这份快活一点惩罚。好久没这么放肆玩乐了。不仅为男人的视线而心有所感，刚才那条短信更是推波助澜。一颗心如年轻时那般雀跃起来。然而，晦暗的现实立刻便杀回了眼前。

中年便是如此，甜蜜的心境总难持久。埋首于恋爱和男人，连烦恼都是享受的日子，也已远走。"少得意！"命运发出嗤笑。

"真是老了啊……"裕子喃喃地感慨道。

裕子赶在约好的时间去接母亲。母亲典子已穿戴整齐等在那里。母亲身上的套装，裕子还有印象。七年前，一家人去夏威夷旅行，遇上一家奢饰品店正在打折，这身套装就是当时买的。领子的设计的确已经过时，面料的质地却很高档，如今看起来也不显寒酸。然而，裕子却悲从中来。悲哀的是，七年前的旧衣服，母亲仍珍爱地在穿。房子属于自家资产，又有父亲的养老金，手头还握着几只股票。母亲常说，经济方面没有任何好担心的。裕子相信了这套说法，没有给过母亲一次零用钱。就连母亲节，也是偶尔送送礼物而已。实际上母亲却省吃俭用，过着相当拮据的生活，不是吗？原以为哥嫂住在隔壁，大事小情肯定会给母亲一些照应。自己这样心大，未免乐观过头了吧？

"我们该走了。"

内疚感作祟，裕子忍不住口气焦急。来到玄关时，裕子才头一回留意到大门上贴了张纸。

"确认事项：浴室窗子、煤气 fá、门锁。"

阀的拼音"fá"，无比刺目。母亲从不是那种乱标注音的人，碰上不会写的汉字，必定会查字典弄清楚。

"老妈的脑子果真坏掉了吗……"

电车里，裕子望着母亲的侧颜。尽管一身旧衣，但质地上佳的套装，穿在身上整洁合身，再加上化了点淡妆，无论怎么打量，典子都是个气质优雅的老妇人。她明明该这样优雅安然地老去。

"对啊，一定是哪里搞错了。唯独我家老妈，绝不可能得那种病。"

裕子重重点了点头，抬起眼帘。地铁车窗上，浮现出两张白皙的脸庞。是母亲和自己的脸。当然，母女原本生得酷似。只是当中隔着三十年岁月，面容便相差如此之远。裕子的轮廓更清晰，母亲的则模糊而松弛。

"我还有时间。"

裕子心说，同时又惴惴不安。

"我肯定也会如此，无法逃脱衰老的宿命。"

终于，两人乘坐的电车抵达了第七站。去相熟的医生介绍的那家大学附属医院，还要从这里继续打车。

"路可真远啊。"

"是啊。不过没办法。这家医院的神经内科是全国闻名的。"

娘家附近那间诊所的医生，裕子打小就认识。老先生千叮咛万嘱咐："什么精神科啊，专门看老年痴呆的医院啊，这种话千万别对你妈讲。日本的老年人光是听到这几个字眼，就会产生抵触心理。"

事实上，神经内科的候诊室里，并非挤挤挨挨坐满了老人。也有中年男女各一位，坐在沙发上。

"榊原女士。"

叫到母亲的名字时，裕子犹豫了一下。自己要不要一起进诊室？这样做的话，会不会伤害母亲的自尊心呢？正迟疑时，护士操着事务性的口吻说道："啊，女儿也请一起进来吧。"

典子忐忑地瞥了裕子一眼，又是那种眼神，眼底泛着怯生生的泪意。这是裕子最不愿见到的母亲的模样。

"走，进去吧。"

裕子不由自主地牵起母亲的手。

诊室里，坐着一名五十岁左右的大夫，仅仅是穿了白大褂，看起来就有股生人勿近的味道。谁知大夫温和一笑，露出满口漂亮的白牙。实际说不定比看起来更年轻吧。

"是榊原典子吗？"

"唉，我是。"

典子瑟缩地在圆凳上落座，动作可谓"战战兢兢"。依照大夫的指示，裕子也在母亲身后坐了下来。

"今天说是初夏，倒像是入秋的天气呢……"

大夫慢条斯理地寒暄着，拿出听诊器。

"我来给你听一下。"

见大夫像对待普通病人的方式对待母亲，这让裕子很高兴。如果一上来直接开始认知能力测试，母亲和自己该多受打击呢。

接下来，大夫一边给母亲绑血压计，一边若无其事地问："榊原女士，可以告诉我您的出生日期吗？虽说这个问题对女性不太礼貌。"

典子给出了流利的回答。

"是嘛，年纪不小了，看起来还是这么年轻啊。"

"谢谢夸奖。"

"那么，今天您是怎么来的呢？"

"坐地铁，换了两回车才到的。"

"这家医院太远了，路上很辛苦吧？"

"还好，坐电车一晃眼的工夫就到了。"

"是吗，那就好啊。"

大夫盯着病历本看了一会儿，复又面色柔和地问："最近，有没有失眠的情况呢？"

"有的，半夜会忽然醒来，老半天也睡不着。"

"血压挺高呢……"大夫神色凝重地说。

"倒也没什么其他问题，只是要多注意一下血压。改天再来做个心血管方面的检查，或许会比较好。"

"血压吗？"裕子大声反问，"就只是血压高，对吧？"

"对，内脏方面也都正常，没什么特别值得一提的问题。"

大夫若无其事的口吻，令裕子如释重负地吁了口气。典子似乎也同样放下心来，脸上浮起淡淡的微笑。

"真的太感谢啦！"

两人同时鞠躬道谢，正打算走出诊室。

"抱歉，关于心血管的检查日期，还需要跟您商量一下，请女儿暂且留步。"

护士叫住了裕子。果不其然，裕子心里嘀咕。接下来才是重头戏。不愿让母亲听到的谈话，现在才即将开始。坐在母亲刚才坐的圆凳上，裕子能感觉到双腿在微微打战。

"令堂的情况呢……"

大夫不改慢条斯理的语气。

"从交谈的感觉来看，她还没出现什么特别严重的症状，认知还是相当清楚的。"

"可是前阵子，她忽然出现小便失禁的情况。"

"发生失禁时，老人会偷偷藏起内裤或弄脏的衣物等，而令堂暂时还没到那么严重的地步吧？"

"嗯，她本人貌似也挺受打击的。"

"如果是独居的老人，使用火啊煤气啊会有问题。令堂这方面怎么样？"

"她本人在这方面也挺小心的。"

裕子想起门口那张纸。

"母亲虽说是独居，但哥哥一家就住在隔壁，会留意她的动静。"

"既然如此，那就再观察一阵子，如何？"

"再观察"这个说法，在裕子听来有种温柔的意味。

"应该不会马上出现各种复杂的状况吧。不过，做儿女的请尽量多和母亲接触，找话题跟她聊聊天，给大脑一些刺激。单是做到这些，效果就大大不同。"

"好的，我一定注意，该做的都尽量做。"

裕子开心地大声保证。母亲的状况尚无大碍，认知还没有彻底崩坏。今后只需多加努力，脑子就不会痴呆。医生已经做出了保证。

在回程的电车里，裕子不由想到了"缓期执行"这个词。得救了。争取到了更多时间。既然如此，趁现在做点什么也行吧？比如，谈场恋爱……男人发来的短信，鬼魅一样在她脑中复活了。

"日下女士，您乐意赏光吗？"

虽然男人不属于她中意的类型，但相处起来蛮舒服却是事实。人生还允许她开场小差。时间还来得及，裕子喃喃自语。

"我想没那么简单。"

嫂子正美高声反驳。裕子吓出一身冷汗。虽然隔了一道墙，可万一被邻屋的母亲听到该怎么办？为了报告典子的检查结果，裕子一刻不敢耽搁，跑来了哥哥这边。

"什么再观察一阵子，说这话的医生，真的给婆婆好好看过了吗？"

"那可不。医生说了，老妈的应答思路清楚，照目前这情况，先保守观察应该就行吧……"

"可是，他看到的只是早期痴呆表现比较良好的瞬间吧？我直接目击了痴呆的症状，可说不出这么轻松的话来。"

"可是，嫂子，像咱妈目前这种病情，别说安排不了住院，就算送养老院也不够资格啊。真的只属于轻症，还什么症状都没显现呢。"

裕子斜睨着嫂子。"痴呆"，正美每吐出这两个字，愤怒就把她的心剜得生疼。

"轻症，轻症，说得轻巧。裕子，你住得那么远，对婆婆的病情到底了解多少呢？我已经目睹过各种症状了。"

"可是以现阶段的病情，医生也说了采取不了什么手段。把一个脑子清清楚楚的人送进医院，也不收吧？"

"脑子清清楚楚？那是你一厢情愿的观察吧？实际上，婆婆失禁以后，收拾烂摊子的人可是我。麻烦你换到我的立场感受一下！"

"正美，你先少说两句。"

旁边的哥哥总算开了口。

"医生的意思是，只要不属于重症，就没有安置病人的地方？"

"对啊，是这意思……"

裕子点点头。同时心里想，母亲的情况绝对不会继续恶化的。在她看来，母亲充其量会时常东忘西，偶尔小便失禁，程度仅此而已。

这也是正美口中所谓的"一厢情愿的观察"。

"我告诉医生，老妈跟哥哥一家住在一起。医生说，那挺好啊，家里人从今往后要对老妈再多留心一点。"

"我已经非常非常留心了好吧？"

正美眉头深蹙，在印堂中间拧出一道沟。嫂子的这副表情，让裕子开口的勇气都没了，不敢说出回程时在电车里考虑好的计划。

父亲去世已经多年，以此为机会，把家里的房子改建一下如何？打通隔墙，重新规划布局，变成完全同居的模式。这样一来，便能时刻留意母亲，也就不必有种种担心了。当然，对哥嫂来说会是很大的负担，所以裕子打算负担一半的改造费用，并且周末的时候会尽量前来探望。两家人齐心协力，无疑能设法将母亲照顾周全……

谁知，哥嫂似乎压根没考虑过在家看护母亲的可能。

"我上网查了，东京都内条件不错的养老院有一大堆。"

"你说的是自费的老年之家？"

"没错。从婆婆这种稍微有点早期痴呆到重症的病人，全都愿意接收。当中有一些还配备了温泉和泳池。多查一查，挑家满意的就行啊。听说如今好多六十岁的健康老人，不想给孩子添麻烦，二话不说就申请入住了。"

"等一下……"

裕子气得说不出话来。这么说，自己带母亲去医院看病之前，哥嫂已然查好了养老院的信息？

"咱妈脑子还那么清楚呢。就算是现在，也能一个人在自己那屋好好生活。可你们俩，开口医院，闭口养老院，一门心思就想把她送走，不觉得太残忍了吗？哥哥、嫂嫂，只要你们稍微多花点心思，照看一下不就行了吗？"

"既然话说得这样简单，那裕子你把婆婆接走呗。"正美毫不客气地回道，"在责备我们之前，你不如想一想，自己身为女儿能做点什么。"

裕子早已没有了反驳的念头。

她想起朋友的话：一涉及父母养老的问题，亲兄弟亲姐妹也没有丝毫情分可言，大家会把最丑陋、自私的一面暴露出来，互相指责，彼此咒骂。你会惊讶，从没想到对方是这么糟糕的人，连他的脸也不愿再看一眼，并终于明白，什么叫"亲兄弟，明算账"。一切都发生在大家各自成人，双亲老去之后。尤其在抽签决定谁来给父母养老时，哪怕是同胞手足，也会翻脸成仇，形同陌路。

裕子望着身穿蓝色 Polo 衫的哥哥。学生时代打网球练出的手臂肌肉，仍结结实实，不见萎缩迹象。当时一路打到校际赛的他，曾经令裕子何其骄傲。

不可思议的是，她对哥哥并不气恼，只为他那份窝囊感到悲哀。反倒是嫂子正美，让她暗暗感慨："暴露出了真面目。"

嫂子自小学起一直读的是贵族女校，对此她本人颇为自豪。同学当中不乏著名政治家或企业家的千金，据说她至今仍和那些人情同姐妹。别看生了两个儿子，嫂子一向打扮得精致得体，隔三岔五跑美甲沙龙，皮肤光洁白嫩，丝毫看不出已是四十五六岁的中年妇人。这样的嫂子，无论怎么打量，都是个养尊处优的阔太太。老公是人们口中的"社会精英"，两个儿子齐齐进了所谓"超难通关"的私立小学。日子明明过得一帆风顺，为何心地却如此自私冷酷、精于算计？

"收拾失禁烂摊子的人可是我。麻烦你换到我的立场感受一下。"

嫂子歇斯底里的声音，裕子心想自己恐怕一辈子也难以忘记。对嫂子来说，正缓缓步入痴呆的母亲，不过是她人生中的一抹污点，再没有其他利用价值。她绝不会愿意让这污点，进入眼前被鲜花与版画装饰的时髦客厅。裕子也不想把母亲交给这样的嫂子照顾。索性自己把老妈接走，不再给二位添麻烦了。若真能痛痛快快地这么讲，该有多解气啊。

然而，并没有谁来教导裕子，她心中依然有个坚定的声音在提醒自己，这种气话千万不可随意讲出口。若是当着哥嫂的面打下这样的包票，自己便等于抽中了一根"大凶"的下下签。她憋着眼泪，拼命忍住了开口的冲动。

"今天我先回去了。"

没有回答嫂子的质问，裕子站起身。

"下周日我再过来。这点忍耐总没问题吧？再等一周时间总可以吧？老妈只是糊涂了，又不是给家里放了火。"

抛出这句火力微弱的嘲讽，裕子走出哥哥家，转身来到母亲那屋，推开玄关门。她不打算和母亲照面。看到自己铁青着一张脸，母亲恐怕马上便能猜到，儿女刚才在为她的病情争吵。

"妈，我回去啦。赶时间的缘故，就在门口跟你打个招呼哦。"

"裕子，今天谢谢你。"

屋内传来母亲的回答。去过医院后，她大概放心了，声音听起来高高兴兴、蛮有精神的。

"陪了我一整天，辛苦你了。帮我和康彦问声好。也跟七实那孩子说一声，外婆可想她了。"

"知道了，下次我带七实一起来。"

关上门的瞬间，眼泪便决了堤。裕子为母亲感到悲哀，更为被自己的女儿感到悲哀的母亲而伤心。眼泪汹涌而下，无法抑制。这一次，自己身为女儿的时代，是真的结束了。

小春 [1]

　　这阵子康彦总是回家很晚。理由裕子也清楚。今年的高考，康彦所在的星誓学院，在东大的录取率上被新崛起的他校赶超，远远落后了一大截。打开报纸的广告页，也能看到周刊杂志的封面标题写着"星誓的凋落"。自战前起便是名门贵校的星誓，将"不再搞以考东大为目标的应试教育"作为办学的亮点。标榜的是：即使不搞应试教育，我校学生也足够优秀，能够发挥初高中连读校的优势，在享受体育等社团活动的同时成功考上大学。谁承想，近年来，在少子化的大环境下，许多前身为裁缝学校的女子中学，以及偏差值低至三十五的新兴私立学校，全都不遗余力地大力改革起来，设立特殊教学计划，扩充优秀教师阵容，转眼间便在升学率的排名榜上，一举晋升为头部校。与之相比，一向态度雍容、步伐从容的星誓，便落了下风。就算康彦什么

　　1　小春，这里是指小阳春，阴历十月的异名。像暖春那样的晴好天气。

都不向裕子透露，周刊的封面也刊登了"星誓学院，东大升学人数锐减"的消息。据说，校方已连开几次会议，商讨强化补习和教学指导对策。因此，康彦晚九点以后才能到家的次数也越来越多。

这天，裕子和七实吃完晚饭以后，康彦才打来电话，说待会儿要和同事们去喝上一杯再回家。

"再不去喝杯啤酒，我就快撑不下去了。"

这话是在抱怨天气太炎热，还是校方给教师施加的压力，裕子也不晓得。

"注意别喝过头了。"

叮嘱了一句，裕子便挂断了电话。七实在洗澡。这阵子，女儿洗澡的时间总是长到不像话。又是做发膜，又是做瘦腿运动。小时候，大家总说这孩子的模样酷似父亲，最近说她像母亲的人却渐渐多了起来。

"早晚会出落成像妈妈一样的美人。"

说完女儿像母亲，人们总要加上这句后缀，大约是出于礼貌的恭维话吧。但裕子还是蛮开心的。七实刚十岁，却已拥有一双纤纤长腿，出落得亭亭玉立。水汪汪的大眼睛，眼角微垂，惹人怜爱。估计不会长成超级大美女，但至少是时下流行的萌系美少女。

裕子想，对待这样的女儿，凡是将来会导致她人生不幸的种子，一定要趁现在及早铲除。与外婆同住，会给她带来什么影响呢？从昨日去过医院以后，她一直在思索这个问题。九十八平方米的三室两厅公寓，对三口之家来说，居住空间也算绰绰有余吧。出于职业审美，客厅的家具，在裕子的精选之下，统一成了纯白与原木两色。把这里改造一下，给母亲隔出一个单间如何？再不然，把如今康彦那间五畳[1]大的书房让给母亲住，再在夫妇俩的卧房里给康彦另辟一个角落。康彦大约会牢骚满腹吧。这是肯定的。他本身也是长子，年过七十岁的父母在东京都内单独生活。几年前，老公话里话外暗示希望与父母同住，裕子当即便否决了。没准儿打一开始，老公心里也清楚这件事不够现实吧。与其说是商量，不如说是心虚地做了个提议，而裕子也故作平静，语气爽快地拒绝了他。当然，在那个瞬间，她心里也做完了种种盘算。

"搬过来一块儿住，这件事公公婆婆自己也许都没想过呢。二老身体都还那么硬朗，生活也无忧无虑。再说了，他俩也不是那种愿意和孩子同住的老人吧？"

"是吗？"康彦当时便止住了话头。但这件事恐怕到现在他也不曾忘记吧。人们在父母的问题上无不如此。夫妇双方总是一边察言观色，一边委婉道出自己父母的重要大事。

"老公会赞成我把老妈接来同住吗？"

恐怕很难吧。众人口中脾气随和稳重的康彦，身为人夫，也有他神经质和难搞的一面。容忍别人介入自己的生活当中？这种事放在康彦身上，终归难以想象。他若是闹起脾气来，能一连别扭多少天，裕子可是领教过。想象每晚下班时，母亲典子坐在沙发上，老公会是什么反应呢？就算是没丝毫痴呆迹象、神智正常的典子，想必他也做不到笑着打个招呼吧。

"不过，仅仅是把老妈接来同住，康彦应该不至于反对。"

裕子心里盘算着。给出的理由是老公过去背叛过自己。那句话又

1　计数榻榻米的量词。一畳相当于 1.62 平方米。

在她脑海里循环播放起来。

"别看我老老实实的，年轻的时候经历丰富得很呢。"

鉴于此，康彦一生都负有对她进行补偿的义务。为她和母亲牺牲、奉献，也理所应当。

然而，这场审判终归不过是裕子一个人的内心戏罢了。当真去向老公提要求，是相当难以启齿的。一旦说出口，一定会被老公一笑置之，含混过去。无论是罪状还是判词，都只在裕子的心里反复宣读，这使她焦虑不已。

恰在这时，手机的消息提示音聒噪地响了起来。她瞅了一眼手机，是伊藤发来的。

——最近要不要一起吃个饭？本月，我以下几天比较有空：十二号、十五号、二十二号、二十五号、二十六号。请务必从中挑选一日，与我见个面啊。

裕子苦笑。对方仿佛小男生一样的邀约方式固然可笑，而自己如同小女生似的，收到这般的邀约，也同样滑稽。

"有老公，有孩子，还守着个糊涂的老妈，这人干吗要给一个年过四十岁的老阿姨发这种消息？"裕子自言自语道，"啊，太奇怪了。这人到底在打什么主意？"

这回裕子嘀咕出了声。摊开手脚，往沙发上慵懒地一仰，身体歪倒的瞬间，裙摆下方露出玲珑的双腿。脚趾上接近正红的橙色蔻丹，是时常光顾的那家美甲沙龙的女店员推荐的，据说可以把双脚衬托得越发养眼。确实，在柔和灯光的映衬下，裕子的双腿白皙而性感。皮肤尚未出现松弛迹象，小腿的线条纤细、紧致，就算有哪个男人为之垂涎，渴望放在手中抚摸，也丝毫不足为奇。正如当年，肌肤较如今更加白嫩光洁，男人见之便欲火中烧，急不可耐地来掀她的裙子一样理所当然。

裕子开始打字，回复伊藤的消息。原打算多吊吊对方的胃口，却终究没沉住气，不冷不热地回了一句。

——二十六号那天我有空。又可以大饱口福了。期待。

约在二十六号的话，时间还很充裕。最近好一阵子没有做美容了，可以抽空去一次。美甲沙龙当然也要预约起来。

忽而，一团冷硬的东西掠过裕子心头。自己到底在期待什么呢？

"白痴一样。真是够了。"

她羞耻地大声自责。但这份羞耻感却盘踞不散。

门被推开了。七实用毛巾裹着头发走了进来。

"妈妈，怎么了？什么白痴一样？"

"电视节目蠢得离谱，我没忍住笑出声了。"

"哦……"

刚洗完澡、脸颊粉扑扑的七实，狐疑地瞄了一眼电视画面里的新闻主播。

裕子原以为，作为如今风头无两的餐厅老板，本次约会，伊藤想必会选择法餐或意餐，谁知，他却挑了一家位于神乐坂的日本料理店。地方特别难找，伊藤提议先在某个地方碰面，然后结伴过去，裕子拒绝了。倒也没觉得有什么亏心，但她还是不希望被人瞧见自己和伊藤在一起。神乐坂这地方，裕子极少来。餐馆密集的白金台、青山、代官山一带，才是她平素的活动地盘。参照伊藤传真过来的地图，走了很长一段小路。大路边，虽林立着年轻人出入的餐馆、俱乐部等，但深街里巷却处处可见昔日的黑色木板围墙，充斥着浓浓的花街风情。裕子好奇地边逛边四处打量，惊讶于情调优雅的小餐馆竟如此之多，家家挂着精致的看板，菜式看来无不美味诱人。裕子找到的这家店，果然如伊藤手绘的地图，入口的拐角处有一片小小的竹林。拉开特意做旧的格子门，店内比想象中狭小，吧台右侧，男人熟悉的背影映入眼帘。

"呀，好久不见。这里好找吧？"

伊藤起身迎接。麻混面料的外套，一派夏日气息。比起前阵子见面时，皮肤更黑了一度。大约是打高尔夫球晒的吧。深色皮肤若再佩戴闪亮的饰物，往往会显得低俗没品位，而伊藤仅在手臂上戴了一块数字盘阔大的法兰克·穆勒腕表，充作装饰之用。

裕子在他左侧落座。一瞬间两人膝盖相抵，她慌忙撤回腿。一上来，两人先干了杯啤酒。接着，才开始小口呷饮伊藤推荐的冷酒。装在青竹筒里的酒水，散发出淡淡的竹子清香，作为餐前酒来说，原以为略嫌浓厚甜稠，谁知却颇为清冽爽口。

"啊，好喝。"裕子不禁赞叹道。

"我没挑错吧。"伊藤用力点头道。

"夏天还要属日料和日本酒最配。这是日本的暑热气候孕育出来的清凉风味和颜色。简直是最高享受。"

"如今最当红的法式和意式餐厅老板，说出这种话，真的好吗？"

"有什么关系，这是真话嘛。拼命工作了一整天，就该喝几口清清凉凉的日本酒，尝尝美味的日料。这是成年人才有资格享受的极乐滋味。"

"极乐"两个音节，竟出乎意料地在裕子胸间激起了甜美的共鸣。

她下定决心：今晚放开怀，稍稍喝上几杯，应该也无妨。

　　一轮前菜过后，是道颇为应季的乌鳢刺身。盛在冰上的鱼肉，被一团团摆成了球藻状。这道菜往昔仅在关西一带流行，近来在东京的餐厅也逐日多见起来。乌鳢是裕子的最爱。话虽如此，超市里售卖的乌鳢却太过无味，想吃得地道，非要到这种小馆子来不可。

　　"味道棒极了。"

　　杯中酒不知何时已换成了微辣利口的一种，清清凉凉，过喉绵柔。

　　"毕竟我是关西出身嘛。夏天还要数乌鳢的风味最佳，瞧见其他鱼肉，压根没有胃口。"

　　"啊，原来伊藤先生是关西人士？"

　　"没错。老家和歌山。"

　　"说话好像没什么口音嘛。"

　　"是啊，上中学的时候就搬来东京了。之前家父经营了一家小公司，后来破产了，就像人人投石喊打的丧家犬，仓皇逃出了和歌山。"

　　"原来如此……"

　　气氛隐隐有些低落。与外表的风流倜傥截然不同，伊藤这段凄惨的年少往事，令裕子惊讶到略感无措。

　　"这年头，搞创业公司或海外餐饮的人，大多是精英阶层或富二代出身，像我这样拼命向上爬，实现底层逆袭的寒门子弟，或许已经不多见了。"

　　"寒门子弟什么的……"

　　"没错啊。经营餐厅的这帮家伙，从小就尝遍了美味珍馐。可我不同，把手头的每个钢镚儿攒起来，才能吃上一个红豆面包或一碗拉面，根本不懂什么味道高级不高级。不过，这样反倒也好吧。比如什么意大利菜，只要气氛不错，味道凑合，我就能从中发现盈利的空间，全靠这种平民路线闯出名堂来。"

话到此处，一只备前烧的中盘里盛着烤香鱼端上桌来，金黄的焦痕与白色盐花，令人食指大动。

"今年的禁渔令总算解除了。这玩意儿可是四万十川的名产，味道堪称一绝哟。"

店主显然是关西人，操着方言介绍道。

"来，咱们大快朵颐吧。"

"嗯，我开动了。"

"不许假模假式地挑鱼骨哟。烤香鱼就要大口痛快吃才过瘾，弄脏了脸，回头擦干净就行了。"

香鱼和乌鳢皆为裕子的至爱。眼前这道烤香鱼，她偶尔也会在和食屋吃到，只是鱼的个头较小，必须从头部开始一点点地小口啃。今天这条，光看模样就知道显然不是养殖品种，个头相当大，裕子直接从鱼肚开始下筷。依照伊藤嘱咐的，她将鱼身拆成大块，连鱼皮、鱼肠全部吃了下去，又把剩下的鱼骨，藏在了盘边的细竹叶下面。

"呀，裕子，你这吃鱼的手法，干干净净。"

伊藤肩膀凑近前来，由衷地感叹。

"我唯独吃鱼的技术，从小就被大人们夸奖。"

"我啊，最怕和年轻女孩吃饭，就是因为她们吃法太不讲究了。要是法餐或意大利餐，还能糊弄糊弄。一到吃日本菜，就彻底露馅儿了。是吧，北原？"

伊藤向吧台里面的店主征求赞同。

"确实啊……唉，大家似乎都不太会吃鱼。"

"没错没错，要是把烤香鱼端给年轻女孩，吃得那叫乱七八糟，简直没眼看。所以这种优选的好店，我只和最靠谱的人来。"

莫名的优越感之后，一抹妒意在裕子胸中一闪而过。她为自己竟然涌起这种情绪而感到几分狼狈。到底这妒意从何而来呢？伊藤的背后，仿佛还簇拥着若干名年轻女子。哪怕她们吃鱼的模样不成体统，搞得盘中一片狼藉，也必然拥有光彩照人的肌肤、窈窕的身材，以及自由恋爱的权利。

那是嫁了老公、生了孩子的裕子，不可能拥有的东西。这世上有无数女人在自由自在地恋爱，享受爱与被爱的滋味，但她，却早已被排除在那个世界之外了。正是这一点，激发出她的嫉妒之情。没错，和身边这个男人没有关系。裕子试图让自己相信，这份妒意指向的是那些女子的年轻与自由。

待水果甜品上桌之后，伊藤提议接下来再喝一家。

"附近有间老酒吧。要不要去小酌一杯？"

"承蒙您好意邀请……"

来之前，裕子准备好了晚饭，并拜托老公早点回家。女儿八成会自己洗好澡，自己读读书，而后乖乖上床睡觉吧。话虽如此，最晚仍要赶在十点前到家。裕子在果盘端上桌时扫了一眼手表。九点十五分。这家店上菜较慢，一眨眼工夫，时间便过去了。此刻立即起身，迈出店门，换乘地铁的话，大约十点过一会儿便能到家吧？有家庭的女人，只要没什么特别的大事，没道理流连在外，放肆地疯玩。

"非回家不可吗？"

伊藤灼灼的目光令裕子畏缩。那视线里，有让人甘愿沦陷的炙热。

"至少让我送一下你。"

"那怎么好意思。方向又不同。"

确实，伊藤住在六本木之丘附近的超高层公寓。离裕子家所在的世田谷区可谓相距甚远。夜晚的小街上，和风的灯箱与霓虹灯一路闪耀。两人为要不要送这件事又争执了几句。

"真的不必了。我接下来去坐地铁。"

"那怎么行。这么晚了，我可没干过让女人单独回家这种事。"

"我说伊藤先生……"

微微有点醉意上头，裕子情不自禁地想对眼前的男人撂句重话。

"你当我是几岁啊？我跟你平时约会的那些脚踩九公分高跟鞋的年轻女孩可不一样。我麻利地坐上地铁，就自己回家去了。"

"你怎么知道我会和脚踩九公分高跟鞋的年轻女孩约会呢？"

"你给人就是这种印象。"

"过分了啊。说得我像逢场作戏的花心老男人。"

"不是吗？"

"裕子你……"

伊藤猛然停下了脚步。

"我一直认为，你是个美丽出色的女人，谁知还有这么坏心眼儿的一面。"

啊，裕子想，眼前这神情何其熟悉，是男人对奔涌而来的欲望拼命抵挡的一张脸，双唇紧抿，犹如怒容。多少年没见过男人这副模样了呢？上一次看到它，记不清是在老公脸上还是其他男人的脸上了。但不管怎样，自己仍有能力让男人流露出这副神情，裕子备感吃惊。

这时，伊藤牵住了裕子的手。两条小巷交错的拐角有一处暗影。裕子感到，肩膀被拥住了，男人的唇烙在自己的唇上。一瞬间，她有些神思恍惚，又有一点"这也没什么不得了"的逞强，两种感受从她心头交错着掠过。

只是趁着酒意找点乐子的男人，在挑逗一个半老徐娘而已吧？此时若是害羞或怯阵，就太丢脸了。尽管这样想着，男人的唇离去后，裕子仍有好一阵子发不出声来。

"还愿意再见我吗？"

裕子下意识地自然而然地点了点头。依旧说不出话来。

在昏暗的小巷内走了十几米，前方浮现出一条明亮的霓虹街，宛如电影布景。方才在巷子里明明连个人影都没撞见，此刻这里行人却熙来攘往，令人疑幻疑真：莫非是临时群演不成？

伊藤朝驶近前来的出租车挥了挥手。

"那么路上小心。"

他握起裕子的手，塞给她一样东西，是一张印有他公司名称的打车券。

"还会再见面吧？"

车门关闭前，他又追问了一句。而同样的话，稍后他又在短信里重复了一遍。车开还没五分钟，手机提示音便响了。

——今晚非常开心。这会成为我人生中难忘的一夜。我们还会再见面吧？

表情包莫名其妙是只猫，裕子微笑起来。然而她不打算回复。

和老公以外的男人接吻了。

这个事实，自第二日起，开始慢慢给她供养一种满足感。自己竟为一个吻如此挂怀，也叫她觉得不可思议。

"不就是个吻吗？"

她一遍遍提醒自己。然而每提醒一次，握住自己手腕的男人，那皮肤的触感、犹如怒容的神情，便在她眼前复苏一次。甘甜的记忆，带着微小的冲击性，越是企图拂拭干净，越是甜而黏稠地裹在裕子心头。

"居然和别的男人接吻……"

男人的大胆和二话不说接受了这份大胆的自己，都令她诧异。那么，当时到底该怎样做呢？难道用力甩开他的手，大喊"请不要这样"？在那种情形下，伊藤会老老实实地收敛举止吗？不，裕子感觉他会发动更强势的进攻。从早晨起，她便编造出各种架空的情节，将它们与事实交缠在一起，在脑内一遍遍播放着小剧场。随后整整一天，裕子都把时间花在了揣摩伊藤上面了。

"我是不是对这个男人动了心？"

自问了无数遍的问题，再问一次，仍是满心甘甜。

"不，这怎么可能。他又不是我中意的类型。自己只是被他强吻了而已。对这种状况，自己一时有点心猿意马。"

下此结论，自然简单。但裕子对这套戏码，仍未餍足。她集中精神，揣度着男人的心思。思来想去，就这样度过了整个下午。幸好店里很闲，裕子假装查阅邮寄广告，一直坐在自己桌前。若是能窝在沙发上该多好。自由烂漫的少女时代，每当为恋爱浮想联翩时，不总在床上翻来覆去吗？情绪随思绪时喜时忧，时而将靠垫抱在怀中，时而把它踢到一边。像这样正襟危坐在办公桌前，脑子却琢磨着另一码事。虽说这是成年人的惯用技能，却实在让人煎熬。当思绪万千或愁肠百结之时，人们往往希望躺着，而不是保持直挺挺的姿势。

"反正，必须用这个吻画下句号。"

手里胡乱地移动着鼠标，裕子点了点头。人妻的吻，绝不该是一段故事的起点。作为休止符与成熟的证明，或许它才有被原谅的余地。

这时，内线电话的铃声响了起来。

"店长，是大泽君。"

"多谢你。"

显示外线的红灯一闪一闪的。

"店长，我是大泽。"

"嗯，你辛苦了。"

大泽今日负责监督商品送货上门。

"那个……我这边出了点麻烦。"

"呃，什么情况？"

"送货员在搬运沙发时，好像把村田先生订购的玻璃摆件给弄打了。"

什么叫"好像弄打了"？你自己不是在场监督的吗？裕子差点怒吼出来。

"真头疼啊。"

"是啊，那是件拉里克玻璃摆件。"

"尺寸很大吗？"

"大约三十厘米左右吧。"

村田夫妇比较富有，稍微有一点年纪，住在横滨的高级公寓里，去年也在本店购置过卧室家具。看来明天只好上门去道歉了。

"总之，你赶快带上打碎的摆件回店里来。"

"明白了。"

放下听筒，脑内循环的小剧场终于谢幕了。

大泽君今年三十二岁。他是从某服饰时尚品牌跳槽而来的一位英俊男子。衣品确实不俗，穿上流行款的西服往店内一站，便能赚足眼球。他本人对家具兴趣浓厚，嘴上说将来的理想是成为一名家居搭配师，行动上却丝毫不见为了取得专业资格而卖力学习的样子。他对加班也不情不愿，是个百分百纯正的、时下典型的年轻人。

大泽回到店里，裕子立刻听取了他的汇报。他语气干脆，表达流利，但说话的语调，却是时下年轻人独有的漠然和机械，毫无抑扬顿挫。吐字用词不见感情色彩，一副漫不经心的口吻。

"这么说，是客人给的指示不恰当？"

"没错。村田夫人起初要求把它面朝窗户摆放。结果搬到一半，她自己又变卦，开始命令我们往右、往右，再往门那边挪一点。"

"但话说回来，配合客人的指令给出准确无误的调度，可是你分内的职责。如果让送货员先摆到位，等村田夫人确认之后再搬动就好了。"

"这话没错。可村田夫人在那儿歇斯底里地指手画脚，把送货员也给搞晕了。"

"不可以这样说客人。"

"可我是实话实说啊。"

在上司面前不懂收敛态度，上司说一句你回一句，实际上业务能力又不过硬。总之，逞一时口舌之快，仿佛便能安心。如今，这样类型的男人实在常见。想给几句提醒，又抓不住由头。裕子索性换上严厉的口吻，打算给他点教训。

"并不单单是今天的事。瞧瞧你平时工作的样子，多数时候叫人来气，完全感受不到一丁点儿进取的锐气。"

"锐气……？"

大泽茫然抬起头，仿佛这个词是他生平第一次耳闻。事实说不定的确如此。

"待在店里也一副心不在焉的样子，多数时候都在走神吧？"

"没有客人的时候，脑子开开小差，我认为倒也无可厚非。"

"可客人在的时候，你也是魂不守舍。"

心里说着"不能再骂了"，裕子却仍忍不住拔高了声调。

"告诉你多少遍了吧？客人在浏览商品的时候，要走上前去若无其事地打个招呼。这个时机非常难把握，必须随时盯着客人的动向。而你呢，从来不懂得招呼客人，眼神常常不晓得往哪边瞧。"

"太殷勤的打招呼，客人也会嫌烦啊。我有我自己的接待方式。"

"什么叫'你自己的接待方式'？"

裕子苦笑。

"连工作的基本技能都还没掌握的人，谈什么'自己的接待方式'。"

"也许吧。可我从前又没干过接待客人的工作，一开始不能熟练应对，不也是没有办法的嘛。"

"哈？这话说的，太奇怪了吧？听你这意思，是觉得接待工作低人一等咯？之前是干白领的，所以接待客人什么的，不感兴趣是吧？"

"我可没这么说过。"

大泽老大不乐意地噘起了嘴巴，表情瞬间变得幼稚起来。裕子猛然意识到，自己活脱脱像个老女人。此刻的模样，不正是个对着年轻下属絮絮叨叨、说教没完的女上司吗？

"我说，大泽君，你对这份工作究竟有什么规划？"

"规划吗？"

与方才的"锐气"一样，他又露出一脸茫然。

"比如说，想做家居搭配师，自己独立创业，或者就近来说，想做店长什么的。你没思考过这个问题吗？"

"想倒是想过。可我现在太忙了，没时间学习。"

"那，我说你啊……"

到底为什么要干这份工作呢？此话刚想出口，又被裕子咽了回去。

因为她意识到，对于这个问题，自己也没有答案。

"总之，明天和我一起去向客人道歉。"

"明白了。"

大泽站起身，腿长到叫人难以置信。裕子不得不承认，无论身体抑或心智，对方与自己都不是一路人。

她不禁好奇，面对这样的人，男性究竟如何与之打交道呢？这世上确实有太多事，唯有男人才能应对自如。裕子不由越想越悲观。

背包中，手机发出低微的响声。

"您有一封短信，您有一封短信。"

没看之前，裕子就猜到肯定是伊藤发来的消息。自己一天都在想他，不可能不发生些什么。

——为了解解暑气，一起去吃顿超级美味的鳗鱼饭如何？本月，我只有五天空闲。提出这么任性的要求，不好意思。可是，我想见你！

裕子盯着末尾处的感叹号看了好几遍。她感叹，在自己的人生中，还有值得添加感叹号的事。"好想见这个男人！！！"她也给自己这句话，添上了一串感叹号。

平平无奇的日常，忽然之间，仿佛被感叹号标注了重点。

"明天我估计下班有点晚。"

每到这种时候，裕子总忍不住加快语速。

"你学校里没什么事吧？我提前把咖喱做好，你早点回家和七实一起吃晚饭吧。"

夫妇二人对彼此的时间安排，倒也并非一清二楚。但裕子向老公打过报备，每周一是她例行回家较晚的日子。康彦作为高中教师，下班后极少和同事出去喝酒。就算这段时间补习和会议比较多，通常他也总会在家吃晚饭。

会餐较多的，反而是裕子。关系不错的客户，时常会约她吃饭。经人介绍来买家具的客人，从裕子这里拿到了折扣，多数时候也会请客回礼。这些人日后成为回头客的可能性极高，她也不好驳人家的面子。如果对方是一位男性，她往往会邀请部长同席。为了不闹出奇奇怪怪的绯闻，她可谓费尽心思。说是会餐，充其量只是工作的延长，不可能有什么快乐可言。

康彦或许明白裕子内心的想法，对此表现得颇为宽容。裕子若是来不及准备晚餐，他就带七实到外面吃饭，有时还会自己下厨。

然而，唯独这天晚上，康彦貌似心绪不佳，没有接腔。

"我估计十点左右就能到家。抱歉，你把咖喱给七实热一热吃。"

"又吃咖喱？"康彦眼睛不离杂志地回道，"我说最近，你工作忙得有点过分吧？"

"你也知道嘛，最近到处都在建造公寓，托行情的福，这阵子经人介绍来买家具的客人也特别多。人家希望边吃饭边聊搭配家具的事，我总没理由推辞吧？"

明天，裕子约好了与伊藤见面。这份愧疚感，竟把她变得如此多话。而妻子内心的兴奋，也会自然而然地流露出来，向丈夫告知些什么。今晚的康彦，异乎寻常地难以应付。

"店里生意好，当然值得庆幸。但七实眼看也到了叛逆的年龄，各种难管，你好歹也该对她多上点心。"

你以为我什么心思都没花啊？我不也在辛辛苦苦地维持着这个家吗？

若是搁在平时，裕子绝不会善罢甘休。她早就想抓住好机会，狠狠地教训老公一顿了。而今晚，她只一门心思，想快点结束这场对话。总之，明天能和伊藤见面就好。想必也和上次一样，他会轻轻揽住自己的肩膀，将唇印上自己的唇吧。说不定他会更执拗、更激烈地说服自己。这份乐趣，不管怎样，裕子都想尝一尝。为此，她愿意做任何事。和老公发生口角可不是上策。从过去的经验来看，两人一旦吵起来，就会干仗到底，一直怄气到第二天。在这种时候，最好还是乖一点，表现得客客气气为妙。

"说的也是啊。这阵子我或许忙过了头。店里的生意太好，确实会不由自主地被牵着鼻子走。往后饭局的事，我会尽量推掉的。"

作为对这份卑微退让的补偿，裕子正盼望着与其他男人接吻。在伊藤面前，装出一副傲慢不可征服的样子，可是在抵达那一步之前，自己却要在背后做这么多准备。何其愚蠢！裕子在心中苦笑，同时咬紧了嘴唇。

简直了，和别的男人接个吻，值得高兴成这样？

"好吧，我也不想没完没了地唠叨你。反正，人生的优先顺位，你自己掂量掂量吧。"

大概是坏情绪有所缓和吧，康彦放下杂志，朝裕子这边望过来。虽还不到戴老花镜的年纪，但读过印刷的小字之后，眼睛似乎会有些疲劳。一双中年男人的眼睛，下面赘着松弛的眼袋。拥有衰老双目的丈夫和懂事乖巧的女儿，在裕子的人生中居首位。这一点，她十分清楚。但清楚归清楚，被老公这么高声提醒，仍令她微微厌恶。

所谓人生的优先顺位，该由我自己决定。不，不是决定，而是自然而然地形成。老公凭什么口口声声地向自己强调？男人凭什么总是简简单单地认定，妻子就该将家庭放在首位？

另外，裕子也意识到：说不定，自己正挣扎着试图改变这套旧有的优先顺位呢？莫非明知改变不了，也希望拥有一瞬间改变的错觉？熠熠生辉的、欢愉到令人眩晕的错觉。明天，一定要将其握在手中。就先从这一步开始吧，她想。

女人对待衣着打扮，再没有比见一个对自己有意的男人，更费尽心思的时候了吧。与见恋人时的一派天真无邪不同，她会设想出各种场景，将它们不断拼凑组合，试图揣测对方的想法。

裕子刚拿出来一件颇有女人味的雪纺无袖上装，当即就否决了。胸前的曲线太过醒目，很容易让对方误解自己企图勾引他。这是她所避之不及的。最终，她选了一身棕色套装，和平时的装扮没什么两样。不过外套里面，她搭了一件面料微微闪光的白色背心，虽说不到吊带的程度，但领口开得相当深。双臂目前仍不见一丝赘肉，对此裕子颇为自得。并没做过什么特殊的锻炼，手臂线条却保持着年轻时的纤细。把这一点露给男人看，没什么不可以的。

男人对自己的身体情欲萌动，是她无力干涉的事。她不想主动挑逗，但万一事态不可避免地发生了，又岂是自己所能控制的……

一提到超级美味的鳗鱼，裕子脑海里首先浮现的是东麻布的那家名店。但伊藤指定的碰面地点，却是新宿的一家酒店。他大步流星地走进两人约好的休息室。在这种场合下再打量他，显而易见，是个出类拔萃的生意人。举手投足潇洒干练，气质与东京都心这家酒店的豪华背景可谓相得益彰。

"让你久等了。"

伊藤麻利地取走了裕子手中红茶的账单。原以为他也要略坐一会儿，见状，裕子有些不满。

"这就要走吗？"

"是，车已经到了。稍微早一点动身吧。"

他居然是开车来的，裕子不免有些意外。一男一女用餐，却不能喝酒，他到底打的是什么算盘？三下五除二地吃完饭，就此告辞吗？再不然，是计划去很远的地方？不管属于哪种可能，在这慵懒的仲夏夜里，和自己见面却不打算喝酒的男人，心思属实让人捉摸不透。裕子顿觉索然无趣，有种被随便打发的感觉。

两人来到地下停车场。正如她所想的，伊藤的车子是一辆奔驰。车型不大，深蓝色，并不醒目。

"今天要去的这家鳗鱼屋，在西新宿背街地段的一栋杂居楼里，不起眼，也没什么名气。但他家鳗鱼的美味程度，没准儿算得上当今日本第一。"

"既然伊藤先生这么讲，那想必不错吧。"裕子没好气地答道。

车内冷气充足，她暂时不想脱下外套。

伊藤的奔驰，行驶在十二社大街上。车子向右拐了个弯，直接开进了一座停车场。

"苍蝇小馆，还请你多包涵。但是味道我打包票。"

下车时，伊藤顺手在裕子的手背上搭了一把。过于老练的姿态，令此刻的裕子有些反感。她心下自问：我到底在期待些什么呢？总之，今夜这个男人省掉了选酒水的工夫，让裕子有种被潦草应付的感觉，却也拿他无可奈何。

停车场旁边有一栋充斥着各种小餐馆的杂居楼。一层装潢成传统的和风样式，挂着写有"鳗鱼"二字的招牌。迈入自动门，所见并非伊藤形容的那样，四下干干净净。店内地方浅窄，只有一列吧台和一小片炕席。

"啊，伊藤先生，欢迎光临！"

四十来岁、一身和服打扮的老板娘，夸张地迎上前来。吧台后面，身穿白色厨师服的店主，也微微颔首致意。看样子伊藤是这家店的常客。炕席上，已经备好了两人的座位。

"本想先来两杯啤酒的。可我今天就喝乌龙茶吧。给这位女士来杯啤酒。可以吧？"

"哎，可以的。"

伊藤一口气点了白烧鳗鱼、醋渍凉菜、腌酱菜等各色小菜，单单就着乌龙茶，不停举筷。

"这家店是去年突然冒出来的。因为太美味，凭着口碑拼出了人气。"

不知不觉间，吧台已坐满客人。白烧鳗鱼脂肥肉嫩，入口即化，好吃不腻。

"果真？我开始期待最后那道鳗鱼饭了。"裕子赞道。

看来伊藤今晚的目标并非自己，当真是奔着鳗鱼来的。意识到这一点后，她不由涌起一股奇怪的怨怼之意。

"我感觉啊，这一对儿像是私奔的。"

伊藤忽然把脸凑过来，仿佛要分享什么重大的秘密。

"呃，在说谁？"

"那俩人。吧台里面的店主，从前估计是在哪家有名的店里负责烧烤的大师傅吧。鳗鱼料理界和传统日料、法餐、意大利餐界都不同，师傅的名字和长相，通常是不会对外公开的。这位老板应该出身不俗，后来陷入了不道德的恋情，和老板娘私奔，跑到这种背街里巷开了家小店。绝对是这个剧情。"

"不会吧！"

裕子假装不经意地往背后瞄了一眼。老板娘正搬着托盘，给吧台的客人送啤酒。

"那位老板娘，怎么看也有四十好几啦。早就不是私奔的年纪了吧？"

"真没想到裕子会说出这种话。"

借着小碗的遮挡，伊藤偷偷握住了裕子的手。由于暑热的关系，他的手心汗津津的。

"爱情跟年龄没关系吧？实际上，现在的我就陷入了恋爱。"

裕子淡淡一笑，甩脱了他的手。在鳗鱼屋的炕席上，被一个男人如此求爱，让她有种被贱卖的感觉，心里别扭。

终于，色泽红亮的蒲烧鳗鱼被盛在黑漆套盒里隆重登场。外皮焦香，火候恰到好处，仿佛做过精密的计算。夹了一筷入口，即使是不怎么吃鳗鱼的裕子，也明白这是人间至高的美味。配上热腾腾的米饭，绝了。

"这也太好吃了吧！"

"我就说吧。这家的烤鳗鱼，我是无论如何也要请裕子尝一尝的。你平时安安静静不动，固然也很娇媚，可吃东西时候的样子更是性感到叫人招架不了。"

"我吗……？"

"没错。性感得叫人头皮发麻。你自己也许没意识到，可是，你张嘴的样子、用筷子的方式、咀嚼时的表情，统统让人发狂。"

"这个嘛，以前从来没人这么讲过。"

"男人大多比较迟钝，就算和我有相同的想法，也不懂得表达。好啦，咱们走吧。"

伊藤把碗胡乱一丢。

"唉？去哪里？"

他该不会冷不丁地邀自己上酒店开房吧？态度这般急不可耐，裕子不禁提防起来。

"这还用问嘛。当然是去兜风。就是为了这个，我才开车来的。"

两人再次开车上路，穿过四谷，驶往银座。时间尚早，街边霓虹闪耀，行人漫步街头，络绎不绝。在副驾驶座位上眺望着窗外街景，裕子默默地想，这样夜间兜风的乐趣，自己已阔别多少年了呢？

七实幼年时，一家人经常外出游玩，近年来游玩的次数却少多了。晚间，即便有时会坐老公开的车，通常也只是为了出行，而非为了欣赏夜景。

伊藤驾车不知不觉地驶出大道，向仓库街开去。一路上几乎不见往来车辆，他在弯曲的小道上绕来绕去，最后，终于在一座小公园的旁边停了下来。

"到啦，下车吧。"伊藤发出邀请。

"哇，好美！"

眼前出现了一座栈桥，更远方则是舒展的海面。而对岸屹立的东京塔，闪耀如一尊巨大的灯塔。就在离银座稍远的地方，便有如此美丽的风景，实在令人惊异。

"走，去那边看看吧。"

伊藤牵起裕子的手下了车，两人仿佛逃课的高中生，向海边走去。海风吹拂着裕子的脸颊，舒服得令她心醉神驰。此时，"幸福"两字掠过她的心头。并不是与家人团聚，而是和别的男人深夜来看海。为什么这种事竟如此幸福？幸福得如此真实不虚幻。胸中一阵剧烈的悸动，裕子没来由地笑了出来。之所以觉得好笑，一定是因为察觉到了男人急不可耐伸过来的手。

眺望海面的裕子，被一双手臂从背后拥入怀中。男人的嘴唇，烙上了她的后颈。明明没有酒精助燃，那双唇却火燎般滚烫，且不肯老实地待在一处，不停地上下吸吮、啄弄。与此同时，难以置信的事情发生了。伊藤的双手，冷不防袭上了裕子的双乳，轻轻揉捏起来。

这个动作超出了裕子的预想。她扭动身子抵挡。男人没有试图捕获她的唇，而是出其不意地瞄准了她胸前的柔软处，令她不禁心头一震。

伊藤似乎非常明白这一点。他扳过裕子的肩膀，将她的脸揽至面前，覆上裕子的唇，来了一个与海边的情调极为匹配的、静静的长吻。然而，当长吻结束时，他却喃喃道："跟我走吧，去个地方，好吗？"

"去个地方？什么地方呀？"裕子嗔问。

裕子的声音娇嗲到连自己都脸红。已经年过四十岁，连孩子都生过的女人，如何还能发出这样甜腻的声音？她在内心某处惊诧着，同时，又无视这惊诧，任由快感在体内一浪又一浪地激荡开来。

"当然是能两人独处的地方啊。就是为了这个，我才开车来的嘛。"

会是哪家酒店呢？裕子心忖。老公和自己都是土生土长的东京人，当年恋爱那会儿，经常进出情侣酒店，无非是涩谷或新宿的便宜地方。如今，估计早就不叫情侣酒店了吧？有些类型的豪华酒店，据说可以直接把车驶进去。伊藤要带自己去的地方，估计就是这类酒店吧。

如果是这样的地方，说不定还行。裕子模模糊糊地考虑着。伊藤初次吻她的时候，她没有想象过这一天的到来？若说夜晚入睡前，自己躺在床上，没有把各种微小的场景与可能性来回拼凑组合，那是谎话。而其中，与伊藤牵手走进都心酒店的画面，粉碎了裕子的想象。由于工作关系，有些客人即便裕子不认识，多数时候对方也认得裕子。万一被谁给瞧见该怎么办？万万不可。裕子的想象在这里按下了终止键。

但是话说回来，幸亏还有坐在男人的车里，不为人知地悄悄溜进酒店这种新方式。这样的话，裕子感觉问题不大，就醉意微醺地坐在副驾驶座位上，什么都不去操心。

今夜就算与伊藤发生关系，只要自己不讲，老公应当也不会察觉。回家时，估计他早已和女儿吃完咖喱饭，正睡得酣沉，自己只要悄无声息地在他身边睡下即可。

然而，裕子的呼吸急促起来。深夜在海边与男人接吻，固然快活。双乳被爱抚，也固然令她心跳如鼓、浑身酥软。但这份快感，裕子希望能仅仅停留在此时此地。

接吻和两具肉体赤裸相拥，本质截然不同。后者必然要突破更多界限，推开一道沉重的禁忌之门。无论是突破界限，还是推开禁忌之门，都令裕子感到战栗。她有预感，一旦踏入对面的世界，就再也没有回头路了，自己会彻底变成另一个不同的人。

啊，心在狂跳。如此胆大包天的念头，到底多少年不曾有过了？而这份惊险与战栗，还混杂着令她心荡神迷的陶醉感。

"哎，哎，好不好嘛？我真的想要你。"

男人在撒娇。甜蜜又苦涩的声音，从刚才起便埋怨着裕子的优柔寡断。

手机的待机画面，是女儿的照片。和服装扮的七实，比出一个大大的 V 字手势，表情太可爱，裕子一直拿它做手机壁纸。

画面中女儿的脸上，浮现出一条短信提醒。裕子心跳得更慌了。每天总能收到各种信息，但不知为何，伊藤发来的短信她总是一下便能猜到。也可能是次数太过频繁的缘故吧。

——今天，为了筹备即将在晴海开张的新店，我约了一位意大利的家居设计师面谈。读着他的介绍资料，我在脑子里渴望着何时与你一起去米兰游玩。裕子，你出差时去过这个城市吗？

——很遗憾，采购或会议等都是买手负责的。我只是一名受雇的店长。

态度虽不冷不热，但裕子对伊藤的信息每条必回。

自那晚兜风以后，两人便未再见面。当然，他不停地发来各种邀约。但裕子始终对再度见面心存忐忑。万一在他的说服下见了面，她预感自己恐怕拒绝不了他的诱惑。

在远眺东京塔的、仓库街的海岸旁，伊藤对裕子所做的不只是亲吻，更攻其不备地抚弄起她的乳房，给了她浑身酥麻的快感。

裕子与老公也偶尔做爱。次数虽相当有限，但康彦在性事上却并不偷懒，该有的步骤从不省略，也没忘记对乳房的爱抚。

话虽如此，被其他男人触碰时的愉悦，终究是老公比不了的。伴随着强烈的心理冲击，还有一股四肢百骸[1]快要融化的感觉直贯头顶。裕子觉得自己当时肯定忍不住呻吟出了声。

然而……

"我想要你。一起去个能够两人独处的地方吧。"

面对男人这样的诱惑，尽管做不到斩钉截铁，裕子到底还是拒绝了。这其中，一部分是由于自己的胆怯，对于出轨这件事，单纯地感到害怕。假如只停留于接吻，怎么都有辩解的余地。她自认也能得到老公的宽恕。然而，与另一个男人赤身相拥、激情做爱，说到底与接吻性质不同，是无可挽回的重大过错。

所谓出轨，就是成了"禁区内的女人"。用媒体的说法，双脚踏入

---

1 四肢百骸：人体的各个部分，泛指全身。

禁区的女人要多少有多少，但裕子还是怕得要命。尽管当时内心有个声音在低低地怂恿她，"只要自己闭口不言，就会神不知鬼不觉"，裕子仍旧望而生畏。

没错，她怕。比起对老公、女儿的愧疚感，裕子单纯只是害怕而已。万一那晚当真和伊藤干出了那种事，自己就等于越过了雷池。禁忌恋的事实，从外表或许探测不到，但它会从内部一点一点侵蚀自己，一步一步改变自己。裕子没有自信，能长期保守着如此重大的秘密。对于那个未知的世界，她纯粹只是缺少涉足的胆量。这种心境，连她自己都数度感慨不可思议。

和老公结婚那晚，当然不是裕子的初夜。单身时代，她也曾有过不少冒险经历。有时会趁着酒意，跟男人回家。甚至还和当时的男友，半是玩笑地体验过 SM 游戏。没错，自己曾是个好奇心旺盛、热衷于性爱的女人。可现在这副瑟瑟缩缩的胆小鬼模样，到底算怎么回事呢？时下流行的"不伦恋"，居然把自己吓得仓皇逃了回来。

裕子想起两天前发给伊藤的一条短信。

——目前我还无法信任你。到了我这样的年纪，女人都有很深的疑心病。伊藤先生的话，想必对一堆年轻漂亮的情人说过吧？

——在裕子心目中我竟是这样的人，真伤心。我正在苦思冥想，如何才能博取你的信任。

裕子对把自己捧在手心的男人委实招架不住。伊藤饥渴于她的身体。虽未强烈到爱情的程度，但确实对她抱着异乎寻常的关切与好意，千方百计地要与她上床。然而她不禁怀疑：自己的身体，果真能满足他狂热的欲求吗？万一上床后，伊藤对自己大失所望呢？光凭这一点，便叫人情难以堪。

　　与伊藤兜风归来后的半个月，裕子几乎都在胡思乱想中度过。该委身于这个男人，还是该就此止步呢？这份烦恼过于甘美，裕子的心神已彻底被其占领。但她依旧能按部就班地工作，家务也从不马虎。只是在深夜临睡前，她会放飞思绪，尽情去想伊藤的事。为了解开对这个男人的疑惑，裕子将各种印象的碎片来回拼凑组合，总是辗转难眠。但即使如此，照一照镜子，也会发现自己的双眼亮晶晶，闪着兴奋的光芒。不过是几个吻而已，就已改变自己这么多，再往前越雷池一步，不知会如何天翻地覆呢。所以啊，千万不能和这个男人走到山穷水尽的地步，她在心中默默自语。然而，随即她便笑了，这种说法多像《伊索寓言》里形容的"酸葡萄心理"。

　　所谓"酸葡萄心理"，就是狐狸明知够不到架上的葡萄，却偏要自欺欺人道："哼，这葡萄肯定酸得要命，吃不到才好。"

　　对自己来说，伊藤或许正像那串永远无法企及的葡萄。得出这一结论的瞬间，一股失落之情涌上裕子心头。

　　次日，裕子去了一个叫作护理站的地方。就是之前说"如果您的母亲还能独立生活，最好让她继续"的那位医生介绍的。护理站设在公立医院内，由一位女性主管负责为裕子提供各种咨询服务。女主管身穿藏蓝色运动衫质地的制服，由于双下巴的关系，她面相看起来有点老气，但裕子觉得，实际上对方说不定与自己的年纪差不多。

　　"那就是说，您的母亲有失禁现象，而当时您自己并没有亲眼见到，对吧？"

　　"对的。家嫂是这样证实的。但就我所见，母亲的表现十分正常，和以往没有什么两样。"

　　"这种情况很常见。"女主管点点头，"在女儿面前，老人会打起精神，好好表现。因为他们最不愿在子女面前认老。"

"原来这样啊……"

"是的。所以您的嫂子会充当那个恶人的角色。而在做女儿的看来，嫂子就像在撒谎。"

裕子咬咬嘴唇。原来如此。世人竟会如此看待母女的角色关系。

"那么，您的母亲目前对各种日常生活事务，能做到完全自理吗？"

"可以。有时还会去附近买买东西，和朋友聊聊电话什么的。"

"尽管如此，她有时仍会有失禁现象，或是说一些奇奇怪怪的话，对吧？"

"是的，据说如此。但就我所见，没有这种情况。我只能说，据说如此。"

"如果生活还能自理的话，也许很难为她派遣护工呢。"

"是吗？"

今天来这里之前，裕子做了不少功课。据资料里介绍，养老护理保险每年都要吃掉国家庞大的医疗预算，近来国家对护理级别的认定愈加严格了。

若是搁在从前，公民只要年过九十岁，便会自动获得享受一级或二级护理的资格。而近年来，只要老人精神尚可，生活尚能自理，哪怕年近百岁，有的也得不到认定。国家为了调整养老医疗系统，这阵子在资格认定方面可谓痛下狠手。

"我认为，您的母亲不需要家务方面的帮手，给她派遣陪伴型的护工更合适。"

"陪伴型的……护工吗？"

"没错。每周一到两回，上门一个小时左右。陪您的母亲去趟超市，用买来的食材做顿饭，这样一点一点把握老人家的状况。我认为这种方式对她来说，是非常有帮助的。"

"那么，请您务必费心了。"

裕子不由得垂头致意。她惊讶护工竟能提供如此细致且周到的服务。

"不过呢，问题在于资格认定。老人家尽管时不时地有表达不清的情况，但其他方面都还算正常，对吧？虽说由每个地区的主管负责登门查访，但当时如果没发现任何问题，说不定，您的母亲也有可能无法通过认定。"

"这样一来，早期痴呆的老人该怎么办才好呢？万一上门查访的时候，老人表现良好，就无法获得任何援助，是吧？"

"那就要看您的家人与上门的主管如何协商了吧。"

这位女主管给裕子详细解说了申请护工的文书该如何填写。

回家的途中，裕子脚步轻快。关于母亲的病情，她知道自己之前想得太乐观了。用嫂子正美的话说，大概就是："裕子，你根本还没搞清楚状况。"

但有段时间，大家甚至考虑要把老妈送进认知障碍症的专门护理机构，结果在医生的诊断下，被告知："目前还没有这个必要。"

况且今天，护理主管也提供了让老妈在家正常生活，同时接受援助的照料方案。如果一周至少一次，能有护工陪老妈逛逛超市，一起开心地做做菜，老妈的心境该有多大的改善啊。若能有幸碰到细心的护工，老妈的症状就一定会有好转。

四个月来，裕子一直认为母亲的问题根本没有出路，此刻，仿佛一束光照进了她的生活。

在车站前的水果店里，她买了几只水晶梨和一点栗子，朝娘家赶去。虽然离阴历十五还有点早，但她打算今晚和老妈一起赏赏月。从裕子幼年时，母亲对这类节气风俗就格外重视。七夕那天，全家都要装点竹枝，而满月夜也必定要吃母亲揉的糯米团子。那时候在娘家，看母亲制作月见团子，似乎易如反掌。等自己有了家庭，裕子也曾依葫芦画瓢，学着母亲的方式做过几次月见团子，但对职业女性来说，想坚持终究是件难事。而女儿七实，就算跟她说月见团子，她恐怕也没什么概念吧。

按过门铃后，裕子喊了声："我回来啦！"

随后裕子便像往常一样，拿备用钥匙进了屋。她已经提前通知过母亲自己要来，典子坐在客厅没起身，直接回了句"你回来啦"。裕子推开门，安详的室内一切如常，电视里播报着晚间新闻，饭桌上摆着喝到一半的茶和女性杂志。若是搁在稍早前，桌上应该还会有织到一半的毛衣、刺绣的绷子等。但这些事，对如今的母亲来说，大约是办不到了吧。

"今天来得挺早嘛。"

"是啊，有点事，所以下午请假了。"

"裕子是做店长的吧？这种工作，你干得来吗？"

"轻轻松松啊。不过毕竟是店长，有时常会加班到很晚。今天没什么特别重要的客人，所以后续的工作，我都交给下面的年轻人了。"

"对了，七实还好吧？"

"好着呢。只要把晚饭给她预备好，后面就不用管。她跟朋友们互相发短信，忙得不亦乐乎的。"

"唉？短信，就是拿手机按来按去的那种吧。"

"现在的孩子们哪，不发短信简直活不了。我本来没打算给七实买手机，可前阵子她过生日，哭着软磨硬泡，康彦到底还是答应了。"

"最近一段时间看新闻，真的净是些叫人头皮发麻的坏事。我一想到七实，还有真一家的永树，心里就发愁。现在这可怕的世道，孩子们到底会长成什么样的大人呢……"

"唉，只能顺其自然了，除了这样想也没办法。我们对七实的教育宗旨是：全力把她培养成一个强悍的人。我猜，她大概率不会是个懦弱的小孩吧。"

"把女孩子养得强悍，说法听来或许奇怪，但放在如今，这种教育方式才是正确的吧……"

母女俩看着电视，有一搭没一搭地闲聊。晚饭两人打算叫寿司外卖。别看这条住宅街已有些年月，附近寿司屋的手艺却着实不错。从上一代老板起，裕子家便时常去照顾生意。典子不无寂寥地感叹，近来由于独居，好久没机会点他家的外卖了。稍等一会儿再打电话好了。裕子盘算，今晚她来买单，点一份特级寿司。如今也只有这点小事，能让母亲开心一下了，可也没什么法子。

"打电话叫寿司之前，先泡壶红茶怎么样？"

另外，把栗子也拿去下锅吧。比起刚煮好的栗子，用放置到半冷的汤汁浸泡入味后，会更甜香。等到了甜品时间，估计栗子的口感软糯温香，吃起来正好。

裕子往厨房走去，半路脚下咕叽一声，踩到了一团软软的东西。她瞅了一眼拖鞋底，那东西黑乎乎的，散发着浓烈的臭气。

"讨厌啊，妈！野猫钻进家里来了，在这种地方……"

话说到一半，裕子倒抽一口冷气，巨大的恐惧紧紧揪住了她的胸口。拖鞋底上粘着的那团粪便，从大小来看并不属于猫。没错，是人拉的。

"怎么会这样！老妈她……"

裕子有片刻喘不过气来，急忙蹬掉拖鞋，放眼看了看四下。厨房操作台旁，还有一团同样的物体，黑色、呈块状。裕子自觉这辈子还从未见过如此不祥、令人毛骨悚然的东西。

母亲果然已神智失常。证据，此刻便在眼前。裕子直起身，望了一眼坐在沙发上的母亲。肩披灰色薄针织开衫，身穿窄裙的典子，不管怎么打量，都是个气质绰约的老太太。而如此优雅的女人，不知何时，却像动物一样，在客厅里四处排泄。

"红茶罐，就在老位置吧？"

典子有些疑惑地瞅了这边一眼。裕子却好一会儿发不出声来。这不是母亲。她想，坐在那里的，只是个陌生女人借宿在母亲的躯壳里。没错。倘若不是这样，她又该如何理解眼前发生的一切呢？

"找到啦。"裕子总算憋出了声。

"妈，你爱喝橙白毫，还是大吉岭？"

"都行。放点牛奶啊。人上了年纪，不知道怎么回事，茶里面什么也不放的话，有点喝不下去。"

"明白。给你放点牛奶，放多多的。"

裕子总算支撑起快要瘫软在地的身体，站在了炉灶前。

这一晚发生的事，裕子无论如何难以对康彦启齿。世间的女人们，都是怎样把母亲痴呆的事告诉自己老公的呢？如此痛苦又羞耻的体验，究竟是怎样消化掉的呢？裕子想不明白。

假如夫妇之间真心相爱、彼此信赖，解决起来应该不难吧？最近出版的有关老年护理的书里，列举的夫妇基本都能做到同心协力。某本书里甚至写到，由于照顾妻子痴呆的父母，反而加深了夫妇的感情羁绊。

真的假的？

康彦若是知道母亲在家里乱拉大便，恐怕只会一脸嫌弃吧？嘴上只会发发"好麻烦哪，这该怎么办？"之类的牢骚吧？

裕子发觉自己对老公丝毫无法信赖。从他醉酒那日吹嘘，"别看我老老实实的，年轻的时候经历丰富得很呢"，裕子便疑窦丛生。她自认做不到完全交出一颗心，向老公撒娇发嗲、有事找他拿主意。况且当时，伊藤出现了，总发来各种热情洋溢的短信。最新一条短信此刻还保留在收件箱里，随时都可以调出来重温。

——请给我一个机会，挽回上次见面的失礼吧（实际上我并不觉得自己有什么失礼之处）。浅草有家好玩的店，可以吃到美味的野禽。请务必、务必赏光与我同去，千万别拒绝好吗？

其他男人如饥似渴地期待着自己的垂青，只要自己说声"Yes"，对方就神魂颠倒的日子，又回到了裕子手中。比起年轻时代自由自在的恋爱，此刻偷情的滋味才更甘美，令她迷醉其中。

对一个目睹了那团黑色物体的女人来说，男人的渴求简直如同拯救。老公若是不肯救她，女人便只能向渴慕自己的男人发出求救了。

裕子抬手打了一条回复。

——野禽我没吃过。有点不太放心。真有那么好吃吗？

当然好吃了。男人一定会如此回答吧。这样强势不容置疑的话，裕子希望对方一遍遍重复讲给自己听。

想找个人聊聊母亲的话题时，世间的女人到底会向谁倾诉呢？

假如是找老公，那她定然是个幸福的女人。无疑确信老公会设身处地为她的母亲着想，会和她一样，重视她的父母。这么有福气的妻子，世间究竟能有几人呢？

关于母亲痴呆的事，要不要向康彦坦白，裕子还在犹豫。老公并不是心肠格外冷酷之人。然而，能否换到自己的立场替母亲考虑，目前还是个疑问。

早前，听嫂子报告母亲情况不对劲时，裕子曾不经意地向老公提过几句。当时康彦的回答，到现在她还记忆犹新。

"那最好找找看，哪里有不错的养老院。"

不能认为康彦有什么特别的恶意。通常来说，为人夫的恐怕都会这么讲。但裕子听来，仍觉心里静静生寒。首先，老公立刻便吐出"养老院"这种字眼，难免让她觉得，"啊，果不其然""最好找找看"这种说法，也有股事不关己的味道。当时，假如康彦说的是"非得找养老院不可了"，裕子心里该有多安慰。

于是，裕子当时便得出结论：以后这种时刻，能商量的人只有哥哥真一。现在她不愿搭理嫂子，但是换成哥哥，她可以谈谈。踩到母亲排泄物的悲哀与恐惧，若问有谁能够分担，说到底还要数血肉相连的亲人。给哥哥打了电话，约在娘家附近的车站前碰面。真一提议出去喝一杯，裕子拒绝了。在酒意上头的状态下去盘算母亲的事，让她感觉太过不敬。两人走进站前的意大利餐馆。餐馆说是意大利菜，规格相当于家庭餐馆，单看几眼菜单上的照片，就知道味道好不了。裕子点了份蛤仔意面，加一小份沙拉。真一点了啤酒和比萨饼。喝点啤酒总是可以的吧，否则感觉挨不过这样的时候。裕子佯装看不见，随他去了。

"果然啊……"

听完裕子的描述，真一深深叹了口气。

"上次正美提这件事的时候，老妈已经隔三岔五有失禁现象了。当时你还觉得不理解，看来情况确实如此啊……"

"老妈的早期痴呆，症状是渐进的啊，和我说话那会儿，还没有一点异样呢。"

"也就是说，会越来越严重吗？"

"上次看医生的时候，她暂且还能正常生活嘛。医生让保持现状，继续观察一下……"

裕子想，自己太依赖医生的判断了，一直轻视了母亲的病情。

"继续观察的意思，就是说只要症状不恶化，医院和养老院都无能为力，不会采取什么措施。像老妈这种程度的痴呆，想送养老院，据说是十分困难的。再说了……"

裕子提到一位同样为母亲的护理问题而发愁的朋友。老人一开始也是言行轻微失常，时不时会忘记关煤气。朋友没法子，便把老人送进了医院。谁知一转眼工夫，老人就卧床不起了。在那之前明明生活还能自理呢，结果进了医院，反而成了一天到晚裹着纸尿片的废人。

"她哭得好惨，说做了后悔莫及的决定。那时候，要是能多照顾母亲一阵子，老人家就能恢复正常的生活了。"

"话虽这样说啊……"

真一仰脖灌了口啤酒。喉头处，条纹衬衫的衣领浆得笔挺，仿佛在诉说他白领生活的优越。裕子想起哥哥当年高考时，母亲是如何忙前忙后地为他辛苦。为哥哥创造出这份精英人生的，并非别人，正是母亲。既然如此，哥哥理当对母亲报恩。裕子期待从哥哥口中听到这样的回答："没办法，那就让老妈跟我们同住好了。"

多简单的事。把如今隔成两户的房子稍稍改造一下就行了。只要能在家人的照管下生活，母亲应该还不至于出什么大问题。然而，这个想法纯属奢望。眼前的哥哥，以及那样的嫂子，绝不可能主动提出照管母亲。现实也的确不出所料。

"咱妈在老爸死的时候，应该拿到过一大笔钱。"真一突然开口道，"趁老妈现在脑子还算清醒，跟她好好谈一次吧。如今这年月，只要拿得出钱来，舒服的养老院要多少有多少。恐怕也只能把她送过去了。"

"那……"

裕子听到自己的声音在颤抖。

"你的意思是，没法再继续照管老妈了，对吧？"

"我也有我的工作。正美照顾两个孩子，已经忙得不可开交了，再把老妈交给她管，总不合适吧。"

裕子想要反驳，又明白反驳亦是徒劳。在这次老妈的事情上，她对兄嫂已失望透顶。经历过各种试错之后，再选择送进养老院，也是没有办法的办法。但，事实却非如此。兄嫂二人几乎是毫不迟疑地将"养老院"三字脱口而出。单凭这一点，裕子觉得自己恨他们，也无可厚非。

当晚，裕子无论如何拿不出勇气回娘家去。身为子女，做出了那样残酷的合谋之后，还有什么脸面去见母亲呢？

在回家的电车里，裕子思绪万千。把母亲接来与自己同住的女性，为数不多，却也大有人在。她们都是与丈夫齐力，担当起照顾母亲的重任。裕子想起目前自家这套公寓的布局，三室两厅中，有个五叠的房间用作康彦的书斋。屋内摆有电脑，书多得快要溢了出来，但好好拾掇一下，都搬到夫妇俩的睡房就行。在卧室的角落里给老公辟出一块空间。不行不行，还是太挤了。要不然这样，让老妈稍微资助一笔钱，换个房间多点的大公寓，把老妈接来同住。或许总有一天，老妈会发展成不得不送入养老院的重症。但在那之前，能和她多生活几年也好。

这个想法或许也有点乐观过头，但只要自己陪在身边，裕子感觉母亲就能打起精神。比起平时压根不闻不问的哥嫂，由女儿在左右仔细照料的话，母亲的病情应该不至于恶化吧？

回到家中，康彦正在看晚间的新闻节目。

"七实呢？"

"这会儿正洗澡呢。"

女儿不再与父亲一同入浴，已有多久了呢？最近康彦如果有点什么事，走到浴室外的换衣处，七实甚至会发火说"爸爸，讨厌"。

"晚饭怎么吃的？"

"我俩上丸木屋吃荞麦面去了。原本七实想吃亲子盖饭的。"

心绪不佳的样子，从康彦望着电视的侧脸便能窥知。

"不好意思。老哥突然打电话，说今天想见一面。"

"唉，他那边估计确实不好过。可冷不丁手机一响，要求我今天早点回家，和女儿对付着吃点，我也很难办好吧？"

以往这种情况也时有发生，可今晚的康彦却格外不好说话。男人嘛，但凡妻子和娘家人见面，似乎总不大高兴。

此刻，面对这样的老公，如果提出接母亲同住，会是怎样的结果呢？在裕子看来，以康彦的脾气，应该不至于立即反对。然而，夫妇间的气氛，会越来越差，最后他肯定会质问裕子，凭什么非得接老妈同住不可。

"我想把妈接过来一起住。"

试问世间能有几位妻子，敢把这话毫无负担地对老公说出口？那一定是对老公的爱相当自信。

"我感觉自己没这个胆儿。"裕子心里嘀咕。

万一说出这句话，自己和老公之间，估计便会开始漫长无休止的冷战。她烦透了这套把戏。但比起这个理由，她更担心的是，万一老公不能爽快答应，自己将来会对他心生怨恨。不，说不定在内心深处，自己早就怀有怨恨了。没错……

"别看我老老实实的，年轻的时候经历丰富得很呢。"

在听到这句话的瞬间，自己胸口那团空落落的感觉，该如何形容才好呢？虚无感这种东西，虽不具有巨大的杀伤力，却会一点点蚕食裕子的心。自己怀着信念建立起来的东西，竟如此脆弱？且明知其脆弱，还要将这种生活守护到底。

裕子害怕对老公的恨进一步加深。这份恨意，或许终有一天会化为倦怠，从而将两人导向分离。

裕子不愿背上离婚女人的名头，也不愿让女儿成为没有父亲的孩子。

没错，自己是个介意世俗眼光的保守女人。在伊藤的事情上，亦是如此。单纯只是畏惧与老公以外的男人发生肉体关系。明明怕得要命，她却又对安全范围以内的爱抚、亲吻，以及身体接触乐在其中，将之作为快感的来源。

裕子叹了口气，自己是个多么无聊且狡猾的女人啊。

老公仍在看电视，眼睛片刻不离屏幕。

和哥哥见面的两天后，裕子收到了伊藤的邀约。她一说自己不太想吃野禽，对方马上提议了小日向的其他餐馆。

——鹌鹑你爱吃吗？虽说姑且也算野禽。这家店的烤鹌鹑派，美味极了！秋意已深。配着美味的红酒，尝尝看如何？

这条短信，仿佛潜藏着不容人抗拒的力量。"野禽""红酒"之类的字眼，也意外强势地俘获了裕子的心。

——鹌鹑，听起来怪可怜的，但也蛮好吃的感觉。一定要去尝尝。

按下发送键的刹那，裕子便预感自己的命运即将改变。虽很难用言语形容，但自己的某一部分，已与往日不同，生出了某种放纵而无谓的东西。甚至时隔两个月，她又去美容院做了皮肤护理。

"哎呀，日下太太，好久不见呢。"

相熟的美容师迎接了她。而后委婉指出："角质层堆积得相当厉害哦。您要常来护理才行呢。"

"抱歉。这阵子实在忙得很。工作啊、家里的事啊……"

母亲痴呆的事，到底还是说不出口。没过多久，裕子便迷迷糊糊睡着了。躺在床上，脸上涂着芳香的美容液，享受着按摩，舒服得难以形容。不一会儿，美容师的双手渐渐来到了肩颈部。从脖子至胸前的区域，虽被他人的手轻轻揉弄，但与男人的爱抚有根本区别。女性的手法柔滑而不含欲望，有种事务性的感觉。

在浅浅的睡眠中，裕子油然冒出一个念头：明天，伊藤的手指大概也会在身体的这个部位轻柔地蠕动吧。这种程度的亲密，她已渐渐接纳。问题是接下来……

自己会同意更进一步吗？还是会表示拒绝？一个半月以来，始终迟疑不决的问题，裕子又试着自问了一遍。在坠入真正的深眠之前，她心里给出了回答。

顺其自然就好……

位于小日向的这家法国餐馆，裕子之前没怎么听说过。这是一座厚重的木造独栋建筑，散发着年深日久的老铺气息。在如今这年月，还播放着香颂的背景音乐，也是不可多得。吧台后面的总厨年纪尚轻，用伊藤的话说，是该店的第二代主人。

"这家店端出来的料理，都是昔日风格的传统菜式，会让人有种复古感。酱汁浇得也很厚重，不过配红酒却特别搭。"

裕子扑哧一笑。

"你笑什么嘛。"

"我们每次见面，一上来都会从美食的话题聊起，我觉得怪好玩的……"

"那是肯定吧。毕竟我只能用美食来引诱你啊，那还不得使出浑身解数。"

男人的这套说辞，听来比平时悦耳。今晚的伊藤，随意穿了件貌似是大牌的单扣西服，未系领带。他虽谈不上英俊过人，但好歹衣品不俗、风趣讨喜。最重要的是，他对裕子如饥似渴，总一副垂涎欲滴的样子。这一点，比什么都能取悦裕子。

她想都没想过，身为四十好几啦、生过孩子的女人，还能被男人如此激烈地追求。况且对方还是位多金人士，拥有不错的社会地位。但凡他想要，有多少年轻女人到不了手？纵然如此，他却对裕子穷追不舍。这属于男人一时头脑发热呢，还是自己果真有这么大魅力呢？这也是裕子始终烦恼的问题。不过近来，沾沾自喜的感觉却一日强过一日，到了连她自己也无力收拾的地步。

但话说回来，有个再三殷勤示好的男人，让自己体验一把高高在上的感觉，没想到，滋味竟如此美妙。

伊藤说起话来滔滔不绝。先是提到即将在晴海开张的新店，声称要打造一间令世人耳目一新的餐厅。又说自己身为老板，以往总是优先考虑合理性的问题，如今他要从这个段位毕业了。本次的新店，会交由意大利籍的国际设计师操刀，届时将创造一种崭新的"店中店"模式。待新店落成，极可能会成为媒体热议的话题。

"我为筹备新店去米兰开会时，一直想的都是你。"

在侃侃而谈时，伊藤会出其不意地插入一句撩人的情话。

"到国外出差，满脑子净是工作以外的事，真是久违的体验。甚至想过给你寄张明信片，但最终还是打消了念头。毕竟我只在那边待三天。"

"哎呀，明信片，人家好想要。"

"真的吗？"

"嗯。"

两人的目光交织在一起。男人眼眸里喷出灼热的火，裕子也并不闪躲。她想起四天前美容师的那双手。一面轻轻涂抹美容液，一面渐渐探到她胸前。接下来，眼看将要发生同样的事。尽管目的有别，但她有预感。

"待会儿……"

伊藤开了口。

"到我工作室来一趟，好吗？在米兰买了幅画，我想给你瞧一眼。"

"但我对绘画一窍不通啊。"

"每天跟家具打交道的人，肯定略懂一点吧。是幅意大利现代画家的作品。请裕子务必赏光啊。"

两人走在夜晚的街道上。这一带密布高级住宅与寺庙，极少有出租车经过。伊藤牵着裕子的手，将她扯进围墙的暗影里。一个快要习惯成自然的长吻，缠绵地持续了许久。

"你怎么这么可爱。刚才在餐馆里，我差点就绷不住了。"

喝了几杯红酒，男人鼻息滚烫，轻轻啮咬她的耳垂。

"你怎么这么可爱……"

男人再次呢喃。双手却不知不觉，伸进裕子的外套下面，准确捕获了真丝打底衣下那两团丰盈的隆起。

"抓紧去我的工作室吧……"

"真的是工作室吗？"

裕子嘴上质疑，却自觉嗓音嘶哑而甜腻。

"不是公司的工作室，是我的一处私密空间，平时在那里想想事情、读读书。"

"好可怕……"

裕子幽幽叹了口气。男人的手却并未撤离。

"到那种地方去，你不会为非作歹吧？"

"不会的，我保证。我只想跟你好好聊聊天，再请你欣赏一下那幅画，绝无别的意思。"

此时，男人焦躁地扬了扬手。一辆打着空车灯的出租车驶到近前。

"去白金台。对，就在 MIYAKO 酒店附近。"

伊藤紧紧握住裕子的手，仿佛在说，这下你可逃不掉了。想回头就趁现在，裕子心里盘算，醉意却在体内蔓延，舒服得不想挣扎。

自己踩到的那坨排泄物，老公看电视的冷漠侧脸……若能有一瞬间，将这些破事悉数抛诸脑后，那也值得。

顺其自然就好……

这个说法浮上心头。没准儿，自己会在最后关头成功脱逃。她有这样的预感。但同时，她也怀疑自己会主动向男人敞开身体。那句话复又浮出头来。

顺其自然就好……

裕子从未走入过如此豪华的公寓楼。这是一座最近新竣工的中层建筑，装修极尽奢华。

为保障安全，输入密码后，两扇沉重的大门方才流利地开启。眼前是一间富丽犹如美术馆的大堂。柔美的灯光下，墙上的装饰画依次浮现。正面的花瓶内，以毫不造作的手法插满了玫瑰。当然，全部是真花。

"简直如同一座古代城堡呢。"

"我的房间风格完全不同。因为委托相熟的室内设计师，千方百计地打造得随意又休闲。"

许是羞涩或紧张的缘故吧，伊藤一下子变得贫嘴起来。

"我提出的装修概念是'成熟人士藏于都会腹地的隐居空间'，结果设计师就说，'好啊好啊'，两个房间给你打通，弄成个大大的起居室，吊顶全弄成裸露式，吓了我一大跳。哪知道现在住起来，是真舒服啊……"

原本裕子还担心，万一在大堂遇到人该怎么办，实际上整座公寓如同寂静的城堡，连个人影也找不到。管理室的前台也关闭了。两座电梯，全部稳稳地停在一层，显然好一会儿没有人乘坐了。

伊藤走进电梯，按下了八楼的按钮。与此同时，还不忘轻轻攥住裕子的手腕，仿佛生怕到手的猎物逃跑。

裕子想象自己按下了"打开"键，口中大叫："我还是回去了。你放手！"

想象中的那个自己，就立在她身旁，眼看即将采取行动。而现实中的她，却什么也没做。如果此时从这里临阵脱逃，裕子感觉自己将再也拿不出勇气。

勇气？为了什么？为了犯错。为何不惜鼓足勇气，也要去犯错吗？没有办法。因为就连拿出勇气的过程本身，都充满了乐趣与快感。

电梯抵达八楼，裕子仍被伊藤牵着手腕继续向右走。每扇入户门之间的距离都相隔很远。稍后她才听说，每层楼只有两户。

打开屋门，伊藤又开了灯。铺了木地板的空旷客厅呈现在眼前，对面有厨房和一列吧台，整体则呈复式格局。而裕子，已凭着职业中练就的锐利眼光，飞快评估出这套房子在装修上一定斥资不菲。全麻质地的休闲沙发是意大利制造的。长长的厨房吧台，用的是一块无切割的完整板材，可以望见里面的一体化橱柜，是最高级的德国品牌。吊顶的管道与走线虽是裸露式的，但涂装细腻精美。而沙发旁边，以及所能看到的矮柜上，都摆放着展开的大型摄影集。裕子所在的家具店，也常常将摄影集作为家居饰品来使用，却从未放置过如此豪华的珍本。此刻房间里这些宛如小桌一般的巨幅摄影集，统统是著名摄影家理查德·阿维顿的限量版。除此之外，墙壁上还挂有先锋派风格的画作，想必是名家手笔吧。但裕子一幅也不认得。

"好漂亮的家啊。"

"哪里哪里，这个家里最漂亮的，其实是这一整面夜景。"

伊藤按下开关，窗帘徐徐开启，眼前出现了一座霓虹璀璨、红光四射的东京塔。裕子理解了。为使这道景观如一幅全景立体画尽收眼底、一览无余，方才设计了占据整面墙壁的大窗。而房间的装潢，也特意为此走了粗放随意的路线。

"其他房间要看吗？"

"当然。"

客厅旁边的房间，是伊藤的书斋。桌上的电脑周围，以及地板上都堆满了书。此外，摆在地上的白色模型，估计是新店的吧。书满为患的男人房间，其实超级性感。而眼前这间书斋，似乎更是散发着伊藤的体味。

接着推开下一扇门，裕子瞬间浑身一僵。和刚才的房间比，这间屋子小而简洁，只摆了张双人床，上面覆着白色的床罩。

伊藤的睡床竟如此清洁，散发着性冷淡气息，令裕子心底不禁惊讶。看起来，仿佛对女人和欲望拒之千里之外的模样。

但说不定恰恰是这份简素，宛如一盏诱蛾灯，反而发挥了吸引女性的作用呢？即使走到这一步，裕子对此仍疑虑深深。

"到此就参观完毕了。"

伊藤说完，拥住了裕子的双肩。

"走吧，去客厅喝点东西。"

裕子正一心思虑被推倒在眼前这张大床上的可能，闻言反倒有了点扫兴的感觉。原先战战兢兢的身体，终于又恢复了轻松。

两人在厨房吧台旁坐下。伊藤开了瓶香槟。不知他按了什么开关，屋内的灯光骤然昏暗下来。他举起酒杯，说道："感谢裕子光临寒舍。干杯！"

"打扰了。干杯。"

伊藤搁下酒杯，开始缓缓轻抚裕子的手背。

"刚才你不怕吗？"

"怕什么？"

裕子故意装傻。面对男人露骨的挑逗，佯作不解，这样的游戏，到底多少年没玩过了呢？

"怕到我家来嘛。"

"并没有。毕竟你邀请我的目的，只是给我看看从米兰买来的画作，对吧？"

"真是的，你这个女人心眼儿好坏。"

伊藤扳过裕子的肩头，烙下长长一吻。当唇撤去时，裕子开口道：

"伊藤。"

"什么？"

"我呢，想要的是恋爱。一把年纪了说什么恋爱，恐怕会惹人发笑。不过，我对出轨啊不伦之类的不感兴趣，只想好好地爱一场。"

"当然了。"

伊藤歪过头，轻轻吮咬裕子的耳垂。

"我为你这样神魂颠倒。恋爱早已经开始了。"

他将右手绕到裕子胸前，慢慢解去外套的扣子。

"好啦，快到那屋去吧……我实在等不及了。"

其实我也是。裕子心里想。

——早上好。你上班了吗？我从清早起，一点工作的心思也没有。该怎么办才好呢？不赶紧见一面的话，我真的要不行了。

伊藤发来的短信，裕子第一时间便删除了。寥寥几句话，却表达了太多信息。今后收件箱和发件箱，恐怕都得设置密码了。她并不担心康彦会查看自己的短信。与其说没兴趣，不如说做人所具备的自尊心与基本信条，都自然而然地让他抵触这种做法。但，凡事总有万一。

总之从今日起，最好多留点心。毫无疑问，裕子有了必须保守的秘密。读完短信后，裕子一如既往地主持了晨会。

"下午会有一批新货入库，拜托大家了。另外，吉川先生介绍了一对姓汤川的夫妇，为了购买新婚的家具，两人下午会来店里挑选家具。客人到了以后，请马上通知我。"

比平日更加干脆利落地布置完工作，啊，太帅了吧！裕子简直想表扬自己。在发生了那种事的第二天，自己既没有沉湎于回味，也不曾为男人神思恍惚，反而能够冷静地投入工作中，身为女人，这何其睿智、何其理性！

此时，短信中的一句话，忽而带着崭新的意味再次浮现于她的脑海中。

——我从清早起，一点工作的心思也没有。该怎么办才好呢？

这话是认真的吗？最近频繁登上媒体的"餐饮界新领军人物"，竟因痴恋自己而无心正事？

对了，昨夜他不是也说过同样的话吗？在对裕子的身体一番殷勤赞叹之后，他接着感慨道："领略过如此美妙的身体，今后我该怎么办才好啊？"

没错。伊藤当时这样讲："你最动人的地方，并非聪明的头脑，也不在于美丽脱俗的容貌，而是这具美妙的身体。男人绝对会成为它的俘虏，实际上我已经被它征服了。"

多么显而易见的虚假恭维啊，裕子心说。生过孩子、母乳喂养过的女人，身上到处留下了清晰的妊娠痕迹。摘掉胸罩，乳房松弛下垂，在胸前摊成一片平原。小腹更加惨不忍睹，裕子望之便悲从中来，即使卖力地健身、训练，也无法再度拥有年轻时平坦的线条。

尽管如此，伊藤却细细吻遍她全身每寸肌肤，每到一处，都赞不绝口。而他给予裕子的最高赞美，是在两人缱绻片刻后，他即将入巷的时分。当他撑开她的双腿，即使在黑暗中，裕子也紧张得悬起一颗心。用身体迎接老公之外的男人，自结婚以来，还是破天荒头一遭。其实更令她担忧的是，自打生完孩子，自己头一回向别的男人袒露身体。身为女人，莫非自己的魅力值早已大打折扣？而对这个分值，老公绝不会有什么感知。有了孩子的夫妇，双方早已成为亲人，只是组成生活共同体的队友。丈夫不可能对妻子的身体说三道四，点评打分。对待为了孕育自己的骨血而过度使用、残旧不堪的一处地方，轻佻地发表任何见解，都等于对全家人施以羞辱。所以世间的女人，害怕向老公以外的男人打开身体，会再三纠结、质疑：莫非自己正在遭受残酷的伤害，却尚不自知？

在这方面，伊藤给了裕子多大的安全感啊。一想起他在耳边呢喃的肉麻情话，裕子便浑身燥热……

不可以。心思会不由自主地往那方面溜。裕子狼狈地警醒自己，这种时候，只能让身体忙碌起来。她在店内来回走动，开始点检商品，调整家具的摆放位置，确认四处放置的观叶植物生长状态是否良好。与此同时，也时刻惦记着裤子口袋里的手机。

早晨收到的那封短信，便是古语形容的"春宵苦短，鱼雁传情"。只是，裕子留意到，短信中并未具体提及下次约会的时间。

若是搁在以前，对方一定会执拗地邀请：

——我本月十二号、十五号、二十二号、二十五号、二十六号比较有空，请务必从中择一日安排见面。拜托了。

而刚才那封短信里，裕子却未见到类似的措辞。这意味着什么呢？男人嘴上说得一往情深，实际上呢？莫非他对自己的身体兴味索然？不知不觉，裕子驻足在一盏落地灯前，怔怔出神。由意大利建筑师设计的这款灯具，可以凭手边的一只开关，调节出微妙的光线明暗调子。当时，卧室的灯光有点太亮了吧？伊藤将屋内灯光调暗，只留下了一盏床头的小灯。裕子恳求，"把这盏也关掉吧"。他却不肯理会。

"那怎么行？这么美妙的身体，我还要多多欣赏呢。"

啊……快快打住！满脑子净是昨晚的事，思绪无论如何停不下来。裕子总算明白了，为何人妻之罪不可犯。与男人不同，女人会深陷其中，不可自拔。搞得诸事荒废，连日常生活都深受影响。啊……该怎么办才好呢？裕子一声叹息。

恰好此时，手机响了。一个男声操着小调，欢快地通知：您有一封短信。尽管心里清楚不可能是伊藤发来的，裕子还是动作飞快地从裤子口袋里掏出了手机。平时她极少揣着手机四处走，总担心会把衣服的形状坠得歪七扭八。今天却无论如何没胆子把手机丢在包里，或随便搁在桌上自己离开。

看了一眼短信，是康彦发来的。

——今天你能早点回家吗？教务总监要找各学年的主任谈话。我会晚些回去。拜托。

通常情况下，康彦下班都挺早。会把裕子提前准备的晚饭，热一热给女儿吃。以前也曾雇用过钟点女工，但康彦抱怨说，家里地方窄，每天有个外人走来走去不舒服。如今，只要裕子把食材预备好，他也能做几道简单的饭菜。在这一点上，康彦是个顾家的好老公。裕子回复道：

——OK，明白了。我尽量在七点左右下班。

店里营业到晚上八点。裕子有家庭，每周两天允许提前下班。之所以能拿到这样的待遇，是在入职时便谈好的条件。再者，公司奉行

"业绩为上"的管理原则，而最近店里营收不错。在长期的经济低迷中，新锐的高收入群体却切实孵化壮大，他们期待为新购置的公寓配备时髦的意大利家具。只要有介绍人，就能享受不错的折扣，这种优惠措施带来了涟漪效应，使客群的圈子逐渐扩大。毫无起眼之处的平凡小夫妇来到店里，三百万日元一套的沙发加八十万日元的床，轻轻松松便能买下。过后一问才得知，男的是 IT 企业的社长。全日本究竟有多少这样的公司，裕子完全没有概念，却希望设法吃定这个客群。她正考虑策划一场有趣的家具展时，谁知便遇上了伊藤。

明明只尝了一次禁果，裕子却已几乎溺毙在那段记忆里。可不正合了伊藤那句话："该怎么办才好？"

下班后，裕子在百货公司的地下熟食专柜买了几样现成的饭菜带回家。奶汁烤通心粉不愧是著名餐馆出品的，只需用烤箱略微加热，就美味得不得了。拌好太久的沙拉，裕子买的时候有点犹豫，她又往里面加了些番茄与火腿。再添一道昨天剩下的炖茄子，晚饭便好了。

"哎，妈妈，隔壁班有个叫山本的女孩，寒假好像要去纽西兰（即新西兰）。听说整个假期，都会住在寄宿家庭呢。"

"是嘛，出去得可真早。这才小学生而已。那孩子英语没问题吗？"

"不清楚。听说从小就开始学了。"

七实在裕子的母校就读，是女子大学的附属小学。学生大多出身于比较富裕的家庭，一到假期，便去海外四处走。

"七实小朋友，也好想去夏威夷哦。"

这是女儿撒娇时的习惯，喜欢称呼自己为"七实小朋友"。

"咱们家啊，爸爸妈妈可是双职工，各个方面难处不少。不过就快啦，七实再等等哦。"

"讨厌，一说到关键话题，妈妈就拿这种话打马虎眼。"

餐桌上搁着手机。裕子在等伊藤的短信。他为何不指定下次约会的日期呢？两人之间仅有一夜激情，难道自己被玩弄了？仿佛回到十几岁初恋之时，裕子的烦恼与疑虑越来越深。

"喂，妈妈。我发现，双职工这个词，从妈妈嘴里说出来，不知道为什么，感觉特别穷酸。"

少女的面庞晶莹白皙。饱满 Q 弹的苹果肌，惹人怜爱。大大的圆眼睛，眼尾略微耷垂，继承自她的父亲。人在女儿面前，心却在为别的男人烦恼，裕子为这样的自己感到羞耻。她连想都未曾想过，当着孩子的面，自己居然会满脑子都是男人。然而，那个她却近在眼前。

昨夜回到家里，和康彦打照面时，她没有半点畏缩。老公手里操作着电脑鼠标，慢条斯理地回头说："回来啦？好晚啊。"

"和一个重要的客户去吃饭了。这人总给我们介绍各种生意，饭后又去一家店喝了几杯，实在没推辞掉。"

"嗯……"

康彦转过头去。望着老公的背影，裕子心里默默辩解："我完全没有破坏家庭的想法哦。在我心目中，最重要的就是你和七实。但是有个男人表白说喜欢我，我也拿他没办法不是……"当时面对老公，明明没有一丝一毫的罪恶感，而此刻，她却拿不出勇气直视女儿的脸。

在即将十一岁的女儿面前，四十二岁的母亲为了某个迟迟不发短信的男人，竟如此神伤。若说滑稽，还有比这更滑稽的吗？然而，裕子当真倍感受伤。并且，为了这个在女儿面前黯然失神的自己而深深感到羞耻，也愈觉伤感。

是的。她从未如此焦灼地等待过男人的短信。

裕子年轻那会儿，还没有手机。她总是一心一意地等对方的电话。自从她交了男朋友，许多话不再方便用家里玄关旁的座机讲，就给自己房间里安装了专用机，顺便还设置了电话答录功能。尽管如此，去洗澡的时候，她也总是心急火燎。头发还湿淋淋的，便飞奔出浴室，回到自己的小屋再吹干。如此一来，她的眼睛一天到晚盯着电话，就没有放松的时候。

和康彦恋爱时，两人打电话的时间是商量好的，约定在每晚十一点。但偶尔裕子会出门见见朋友、喝喝酒，每逢这种时候，她简直就像归心似箭的辛德瑞拉。康彦绝不是爱吃醋的人，当晚电话若没打通，也不闹脾气，第二天晚上再打就是。而裕子却严格恪守着时间，她认为这是对康彦的诚意。那时候，多数女生应该都和裕子一样。

"我该回家了。马上就到点了，男朋友会打电话过来。我不在的话，他会发脾气的。"

嘴上抱怨，心实喜之，幸福地不停看表。这样的女孩们，基本上应该都嫁人了。当中，是否也有谁和自己一样，苦苦等待着老公以外的男人打来电话呢？裕子恍惚地想着。

年轻单身那会儿，对男人的电话只需单纯等待便好。当中自然有笃定亦有怀疑，而如今留下的，只会是健康、专一的记忆。然而，有老公、孩子的女人，痴痴地等待着其他男人的电话，这种行为却如同坠入了暗黑、深不见底的泥沼。说法或许老套，但裕子只能想到这个比喻。

之后又过了十日，伊藤依旧未有只字发来。

"究竟是怎么回事呢？"

各种臆想与揣测在裕子心中发酵出一股股阴暗的情绪。那是混合着自卑感与厌恶感的复杂况味，而自卑远远占据了上风。男人已彻底不再召唤自己这具四十二岁的肉体。莫非嘴上夸赞着"美妙至极""令人震惊"之类的溢美之词，内心却不耐烦，发出鄙夷的嗤笑？

如此苦涩的滋味，裕子还是生平头一回领略到。回想单身时代，自己何曾受过这般冷遇。既不曾有过期待过高、念想落空的时候，更不曾有过此等卑微凄惨的心绪。和康彦恋爱那会儿也是一样，彼此刚刚萌生好感，对方就来告白了。倒是也尝过失恋的滋味，但绝不是这样刺伤自尊的分手方法。而如今，统共不过一次肉体之欢，自己就被对方弃若敝屣。

　　"究竟是怎么回事呢？"

　　她在心中一次次自问。而更令人煎熬的是，这种事还无法向任何人诉说。假如是一份甜美的秘密，还能深埋在心底，独自珍藏，可以放在舌尖反复咂摸，享受其间快乐的滋味。然而，如此屈辱的体验，却事关自尊，无法向任何人坦露。更何况，她还有人妻这层身份。

　　裕子大概没意识到，自己成天黑着脸，一副郁郁寡欢的模样。这一点，从店员们的反应便能察觉出来。一些不好的事，他们会延后向她报告。

　　所以，当伊藤终于发来消息时，裕子简直无法形容有多心花怒放。

　　——这阵子太忙，失礼了。要不要一起兜风去赏红叶？周日的话，我随时 OK。

　　裕子开心得差点跳起来。她替这样的自己感到可耻。最初，明明是男方对她穷追不舍。不知何时，二人的关系却彻底翻转，轮到自己被对方拿捏得死死的。她故意忍了两天没有回复。三天后，才终于憋不住了。

　　——多谢邀请。

她故意用着疏远而客气的口吻。

——基本上周日我都休息。有重要客人光顾的时候，我会到店里去。下个周末情况如何，目前还不清楚。下个月的话，或许有时间赴约。

伊藤的回复却十分爽快。

——那十二号如何？我们去看初冬的大海吧。

裕子答了句"知道了"。

然而，有全职工作的女人，周日不好好在家待着，偏要跑出门去，谈何容易。

"有两对正筹备婚礼的客人，十二号要来选购家具。因为是熟人介绍的，我说什么也得在店里作陪。"

当夜，裕子提出周日要出勤，不出所料，康彦没什么好脸色。

"这就难办了啊。你又不是不知道，我们学校这阵子正好是期中考试。十二号的话，我也必须到校。"

裕子也考虑过，把女儿托给康彦的父母照管一天。但和祖父母并不亲密的七实，表示抗议。结果，裕子决定让女儿去要好的同学家待一天，回家时再去接她。

"抱歉啊。给您添麻烦了。"

虽说和七实同学的母亲平素关系不错，裕子还是在电话里一再道歉。

"没事没事。午饭我会给俩孩子叫个比萨外卖吃，没问题吧？"

"我会给七实带好零用钱，就拜托您了。"

"别客气。不过，说来你也真辛苦啊，周日还要上班。"

就这样，越来越多的人卷入这场谎言，这自然令裕子内疚。但为了和偷情的对象去兜风，就连女儿同学的母亲，她也不惜蒙骗。岂止如此。伊藤虽提议兜风，前后似乎还有其他的安排。这也当然。四十多岁的中年男女建立在肉体之上的关系，约会时怎可能以兜风收尾？

"为了跟其他男人偷情，自己要对老公、女儿，甚至女儿同学的母亲编造谎言。"

身为人母，这何其糟糕。裕子虽心有自责，却不愿善罢甘休。她要确认清楚伊藤究竟是怎样的想法，以及自己身为女人还有几分价值。为何伊藤一连两周都音信全无？首先，她希望对方为这份失礼道歉。其次，哪怕是谎言也好，她需要对方给出各种解释。假如就这样和伊藤"不告而别"，裕子岂不成了"被用过就扔的廉价女人"？

即便他人并不知情，这个事实也会深深烙印在自己心里。并且，自己一辈子都不得不背负这份耻辱生活下去。

去兜风那天早晨，裕子在挑衣服时格外花了番心思。平时上班，她总是一身长裤套装，要么西服外套配半身裙，务求活动方便，看起来也整洁大方。然而，这副打扮去兜风，未免太过正式了些。裕子以针织打底衫配法兰绒长裤，外面又套了件半长皮衣。这样一来，晚上回家时，老公就不至于疑心了吧？皮衣下面哪怕穿得多少有些休闲，老公应该也不会问东问西。

约定碰面的地点在芝公园附近酒店的大堂。伊藤说选择这里，就不必担心撞见任何人。

裕子提早到达酒店，在洗手间检查了发型与妆容。比起平时上班，今日的妆清淡了许多。她深知人过四十岁，车内的自然光将会多么残酷。届时男人也会坐在身边，偷偷打量女人的侧颜。在这种情形下，再没有比厚到泛着浮粉的妆容更有失体面的了，因为这看起来只会更显衰老。平时细致打理过的肌肤，只需加一层自然的淡妆，哪怕和年轻人相比，视觉上大约也不会逊色太多。自从兜风的日子敲定下来，裕子便留意保证睡眠充足，每日涂大量美容液。这些功夫收效不错，即使在荧光灯下，皮肤也弹润光泽。只要不带着恶意、挑剔地检视，恐怕没有谁会注意到眼角的细纹吧。掏出睫毛夹，将睫毛再次用力卷得更翘，又补了一遍口红。仔细斟酌后方才入手的这款橘调奶茶色口红，也十分提气色，衬得裕子肤白水嫩。

算准了时间来到咖啡屋，伊藤已在座位上等候。身上穿的芥末色粗花呢外套，一眼即知价格不菲。墨镜架在额前，这种装扮不合裕子的喜好。墨镜这东西，好好戴着还行，架在头顶谁见了都会觉得此男太过轻浮。一瞬间，裕子有些后悔将自己命运的一部分，托付在这个男人手里。但是话说回来，男人笑脸感人。望见裕子的刹那，羞涩一笑，露出雪白的牙齿。裕子决定为此原谅他的失误。

"好久不见。"

"久疏问候。"

裕子颔首问候。即使是在宾客稀少的咖啡屋，也须小心为上。谁知道在哪个角落会有什么人盯着。

"那么，我们往哪里去呢？"

伊藤也故作客气地询问。

"哪里都可以啊。"

"那好，往横滨方向走走看吧？在那边吃顿美味的午餐，然后再回家。"

"好啊。"

然而，在地下停车场，一坐上他的深蓝色保时捷，伊藤立刻换了副嘴脸。

"抱歉哈。"

他一下握住裕子的手，将脸颊凑上来，亲昵地厮磨起来。这宛如幼儿的动作，让裕子吃了一惊。

"最近实在太忙太忙了，连静下心来给你发个短信的时间也没有。其实我想你想得要命。真对不起。"

"没什么……我也忙得不可开交。"

"看吧，我就猜你生气了，越发不敢打电话或发短信。"

"生气什么的，倒是没有。"

裕子知道自己又慢慢占据了高位，于是无所顾虑地端起了架子。

"哎，哎，我们不去兜风了，行不？"

伊藤把手搭在她膝盖上。

"听我说，刚才我在这家酒店预约了全天服务。这会儿估计房间已经准备好了。外面又那么冷，哎，我们干脆直接坐电梯上楼去吧？"

男人猴急的态度，给了她一丝胜利感，同时也有淡淡的屈辱。一种"果然对我的身体贪之若渴"的欢喜，外加一份"目的终究不过如此"的悲哀。为什么呢？每次与伊藤见面，总会被全然矛盾的两种感受所折磨。没错，这，或许便是婚外情的滋味。

此时的裕子，敢于随心所欲表达自己的主张。

"你说要去兜风的，人家期待了好久呢。我可不高兴现在就上去。"

这是她内心的真实想法。接到去兜风的邀请时，之所以那么兴奋，是因为她以为男人不止垂涎于肉体的厮磨，还渴望心灵的触碰。"兜风"这两个音节里，蕴含着某种纯真的心意。这是裕子最期待的东西。

"明白了。那好，我们走。"

伊藤爽快地发动了车子。

"今天几点回家？"

"这个嘛，晚饭前必须回去。"

考虑到有可能七点以后才能到家，裕子提前按下了电饭煲的预约键。在中央车站的百货公司里买几样熟食，估计也能对付一餐。当然，她不打算跟伊藤分享这些柴米油盐的生活琐事。

车子从芝公园驶上首都高速。初冬的天气一片湛晴，碧空如洗，万里无云。裕子惊讶于伊藤驾车的技术灵巧自如。

"你车开得很棒嘛。"

"那是自然啦。以前我可是赛车手。"

"骗人吧？"

"好吧，不瞒你说，泡沫经济那会儿，有个做房地产的土豪朋友，组建了一支赛车队，当时把我编入了他们的素人部。"

"唉……还有这种经历？"

对伊藤五光十色的过去知之越深，亘在裕子心中那团沉沉的东西，便越积越重。不管怎么看，这个男人都离"诚恳认真"相去甚远。这与裕子心中模模糊糊设想过的"理想情人"截然不同。裕子心仪的类型，是迷醉于自己的魅力，初次背叛妻子的男人。从这个角度来看，伊藤无疑经历了太多次出轨。这样阅女无数的男人，究竟爱慕自己的什么呢？自己会成为他"最后一个女人"吗？别犯蠢了。对一个出轨对象，奢望自己成为他"最后一个女人"，何其矛盾。但没办法，女人偏偏会向出轨对象，索求比老公更为轰轰烈烈的爱情。

周日的高速公路空空荡荡的，十一点前，两人抵达了横滨的"港未来"街区，在酒店的餐厅里吃了顿早午餐，从店内的窗子可以眺望海景。大约是季节的缘故吧，海面湛蓝，美到令人怀疑如此景象竟是在都市里所见。海鸥群聚在阳台的栏杆上栖息，犹如舞台背景。

"好久没有这样悠哉的周日啦。"

心满意足下，裕子不自觉地露出了微笑。总之，自己成功把孩子安顿好，逃离了东京的喧嚣，此刻正与老公以外的男人，坐在窗边的桌前，怡然欣赏着海景。

裕子想，假若不伦恋也有幸福的瞬间，它一定不是发生在床上，而是如此眺望着自然美景的悠然时光吧。

"喝点什么呢？"

"但是伊藤先生不能喝，让人怪抱歉的。"

"没那回事。裕子可以点杯香槟。我就喝带气泡的巴黎水。这样我们就能干杯了。"

不愧是餐饮从业者，伊藤废话不多，爽快地点好了餐点与酒水。此时，一位穿黑衣的男士走近前来，递上名片，与他寒暄起来。此人自称在某次活动上与伊藤见过面。

"如果您提早打声招呼，鄙店还能准备得更充分一点。"

太大意了。仔细想想，身为餐饮界的明星人物，伊藤不可能不认识酒店餐厅的这些经营者。

"早知这么招呼不周，真不如您多跑几步路，找个小馆子去吃饭啦。"

"哪里哪里，没那回事。我早就想来尝尝贵餐厅的菜式了。"

领班也时刻留心着这边的动静。在他眼里，自己和伊藤会是怎样的关系呢？周日来酒店用餐，他肯定不会认为两人在谈工作。从年龄推断，想必也能猜出我是个人妻吧。他会认为我是伊藤的情妇之一吗？……脑子不停地想东想西，裕子感到食物实在难以下咽。

回程途中，伊藤提议边看海景，边沿国道行驶。然而，他挑选的高速出口附近，景色过于平常。大货车来来往往，实在煞风景。伊藤冷不丁开口问："哪家好？"

裕子马上明白了他的意思。道路两旁有几栋酒店，竖着花里胡哨的看板。只消看一眼，就知道这种地方是干什么用的。

"哪家好？那家行吗？"

伊藤放慢了车速，仿佛一切理所当然。

"那种脏兮兮的地方，我不要去。"

方才喝了两杯香槟，此时酒意恰好弥漫周身，裕子没好气地说："麻烦找个干净的地方。"

用命令的口气抛出这句话，罪恶感与羞耻感也随之一扫而空。

"那好……那家如何？"

一家规模蛮大的酒店，周边占地也够宽阔，外观像座西洋城堡，风格简洁，品位还算不俗。虽说是和周围的酒店相比。

"那我开进去咯。真的 OK 是吧？"

伊藤熟练自然地将车子驶入了酒店的车库。和男人走进这样的地方，已经时隔多少年了呢？入口处有一排液晶显示屏。前台特意设计得高高的，望不到里面人的脸。后面坐着位老人，这点也和过去相同。

在液晶触屏上选好了房间。总之就是快速扫几眼图片，报出房号，领了钥匙，穿过泛着霉味的走廊，最终抵达房间。

一进门，伊藤便打开电视，开始给浴缸放水。大白天进情侣酒店，未免太放纵了吧。日光下，有妻有子的男人，和有夫有子的女人，浑身散发着日常的气息，却筹谋开始一场肉体的火热交欢。

不愧是老手伊藤。他合上窗帘，邀请裕子："一起洗吧。"

"不，绝不要。"

伊藤似乎也未抱什么期待，立刻转身朝浴室走去。床畔是一扇透明玻璃墙，可以一览浴室的全貌。太有失礼节了。裕子心里犯着嘀咕，却回头瞧去，恰好伊藤在冲淋浴，可以望见他的屁股，一个日本中年男人平庸不堪入眼的背影。片刻后，伊藤开始用花洒冲洗前身。滑稽的姿态，倒并不让裕子厌恶。反正待会儿轮到自己，也一样会被对方偷偷窥视。

"彼此彼此，半斤八两。"脑子里浮现出这句话，裕子不禁开始苦笑。体内残余的酒意，似乎仍未散去。

伊藤提出要送她回家，裕子当然拒绝了。从伊藤的角度来说，肯定也是出于礼貌客气一下。大白天与人偷欢的人妻，哪有理由晚上还和出轨对象结伴回家的道理。

由伊藤把她送到 JR 车站，随后裕子便拐去了中央车站的百货公司。在地下的食品商场里，她选了几样即食的小菜。有名的日料店在此设有专柜，琳琅满目地摆满了各色佳肴，看起来美味诱人，但由于价格太贵，裕子平时总是径直走过。她今天在此选了三块味噌青花鱼和一道小芋头杂煮。花费真不便宜，可也没有办法。她并非想用味噌青花鱼来兑现赎罪的意愿，而是与男人偷欢后的兴奋，使花钱的方式也随之改变。除此之外，她还排了一小会儿队，买了只最近口碑爆棚的瑞士卷。带着蛋糕做上门礼物，去七实同学家接七实时，已经将近六点。

"哎呀，在我家吃完晚饭再走也行嘛。"

牙医的妻子，身穿羊绒质地的两件套针织衫，热情挽留，散发出生活优裕的专职主妇才具有的从容美感。

"一点粗茶淡饭，日下太太也留下一起吃吧。我家姑娘听说能和七实同桌吃晚饭，正高兴呢。"

"那怎么好意思。"

裕子慌忙摆手。

"孩子爸爸等会儿就下班了。我一到家就得做饭。"

"有工作的人，真是辛苦呢。"

对方似乎由衷地表示同情。在这个以美为主业，丈夫是有钱牙医的女人看来，上班啊工作什么的，毫无疑问一定辛苦至极。趁七实与小伙伴依依不舍地道别和穿外套的工夫，裕子跟对方站着聊了几句。

"你知道吗？巧合得很。我表姐家的大儿子，在你先生的班上。"

"是吗，真的？那孩子叫什么名字？"

"成绩太糟，我都不好意思说出口。孩子姓远藤，叫远藤彰一，刚考上你先生的学校，马上就松了弦，一点都不好好学习了。我表姐成天叹气。"

"那不会吧。"

星誓学院可是以东大升学率骄之于同侪的连读校。初中生还正是干劲十足，不知挫折为何物的年龄。

"我跟先生说一下。"

"好，拜托一定多多关照啊！"

穿好外套的七实走到玄关。自己中意才买下的粉色羽绒服，反而把七实衬得有些老成。

"那我们就告辞啦。今天太感谢了！"

"下次再加班，你随时跟我打招呼哦。"

对方的一句无心之语——"下次再加班"，却在裕子心上扎下了一根刺。其实，我不是在加班。从中午起就和男人泡在情侣酒店里翻云覆雨。若问感觉如何，那我只能说酣畅淋漓。男人是偷吃惯了的主，技巧一流，颇为懂得如何取悦女人的身体。甚至很清楚我作为生过孩子的四十多岁的女人，对身材的不自信，于是对我极尽赞美，夸得人几乎要无地自容。

"太美妙啦。"

"尝过和你做爱的滋味，男人就彻底沦陷，再也无法自拔了。"

汹涌肉麻的情话攻势，让我恨不能主动喊停。因为麻烦在于：情话撩拨之下，我的身体也会不由自主地送迎、回应。比和老公做爱时更濡湿，比和老公做爱时更快感迭起，甚至觉得，索性把心一横，做个尽情沉溺肉体之欢的放荡女人该有多好；索性将这种关系视为一场男欢女爱的游戏，单纯享受欲望的快乐多好。

时而我也会施展演技，故意泄露出几声呻吟，宛如小说中描写的女人。纵情去角色扮演吧，我怂恿自己。没错，我是个沉迷性爱的人妻。此时此刻，正醉心于白日的情事。对方是个多金且社会地位优越的男人。所以，秘密才得以保全。玩这种偷情游戏，再没有比他更合适的对象。外形过关，床技灵巧。只当我如今乐在其中就好。

只是，话说回来，为何我的心总有一丝被抛弃的落寞？

每当性事结束，我清楚地感知到，这颗心并没有欢欣雀跃。冲着淋浴，逐一清洗身上沾染的各种污迹。这种时候，绝不能使用香皂或浴液，要避免留下香气。没有谁教会我这一点，身为人妻自然通晓此项技能。将花洒依次扫过胸前、脖颈与腿间，冲洗着男人双唇触碰过的每一寸地带，心头为何会涌起一股寂寥之感？我不禁思忖。答案不必想，其实我也心中有数。因为男人对自己并没有认真的爱。我只是他众多情妇中的一个。既然如此，面对男人的诱惑，自己为何甘愿咬钩呢？是给有出轨嫌疑的老公一点报复，还是为了排遣寂寞？

"你怎么了？妈妈。"

邻座的七实偷偷察看裕子的脸色。

"你表情好可怕哦。"

"抱歉抱歉。妈妈在想事情。"

"嗯……是工作太辛苦了吧?"

"是啊,工作上会有各种意想不到的麻烦状况,必须一个个去解决,很辛苦的。"

"哼……"

七实不感兴趣地把视线投向窗外。天色已暗,四周什么景色也看不到了。荧光灯下,女儿白皙的侧颜映在裕子眼底。孩子微微有些兔牙。必须带她去看牙医了。凝望着七实的侧脸,裕子思绪游弋。怀抱偷情的秘密,与女儿促膝而坐的自己,罪孽何其深重。仅仅是两小时前,还与男人在床上颠倒缠绵的自己,即便身上的气味已被冲洗干净,心态却已无法回归日常。然而,道歉自然是不可能的。恐怕自己一生都会将这份罪孽的记忆深刻心底。人妻、母亲的恋情,下场便是如此。

接到哥哥真一的电话时,裕子已经有所预感,母亲出事了。倒也不怪自己沉迷于情事,这阵子工作太忙,好久没有回娘家露一面了。

"我没事的。如果有情况,会马上联系你,只要没吭声,那就是不要紧。你要把自己的日子过好。"

裕子倒也不曾对母亲这番话照单全收。只是住得远,很难及时发现母亲的变化。

"眼不见为净。"

从前的老话真形象。全身心投入在自己的生活当中,根本看不到母亲的病情正一点点恶化。

这日,哥哥家的气氛迥异于往常。真一闭口不言,嫂子如临大敌,仿佛摆好了架势要来场交锋。两个小侄子不在家,说是暂时托管给了嫂子的娘家。最一反常态的地方在于,母亲瑟缩地窝在沙发的角落里。

"我们想请裕子看看这个。"

简单的寒暄过后，真一从信封里掏出一本宣传册，封面上印有"安宁之苑"的字样。

"什么啊，这是？"裕子大声问道。

不过，打从方才看到母亲出现在哥哥家里时，她就预感到恐怕会有这一出。

"这是我们公司的协作机构，马上将要开张的老年之家。我和正美一起去参观过了，条件相当齐备。院内还导入了温泉设施，服务人员也全部配置到位了。各方面这么完善的地方，我觉得真不多见。"

"从我们家过去的话呢，大概只花一个半小时吧。所以每到休息日，都可以过去探视。"

"等一等。"

尽管早就料到了这样的情节，裕子脑子里还是纷乱如麻。

"也就是说，你们打算把妈送去养老院？什么已经参观过了，这件事我怎么不知道？为什么不早点通知我？"

"是我拜托他们去的。"典子抢在真一前面开口道，"那地方挺不错的，专门接收有痴呆症的老人，费用也不算昂贵。这样的话，我的养老金再添点钱，就足够支付费用了。"

"什么专门接收有痴呆症的老人，这话……也太过分了！"

"也不全是痴呆症患者啊，里面百分之七十都是普通老人。随便走几步就有各种娱乐设施，身体弱一点的，还配了护理师专门照顾。"

嫂子正美刻意压低嗓门，操着平静的声音答道。但在裕子看来，今日的她却尤为可恨。

"可是，你们干吗不早点跟我商量呢？就随便把宣传册丢到我面前，觉得我就会乖乖赞成，说声'行啊，原来如此'。"

"是我忘记关煤气了。"母亲插话道，"要不是上门收费的人注意到，估计就出大事故了。水壶都烧黑了。我觉得自己脑子真不行了。糊涂的时候越来越多。所以，去养老院这事，是我拜托真一和正美的。"

"而且咱妈也交代了好多事。比如房子和存款的问题等。裕子你看一眼这座房子，改造的时候花费了三千万日元，是在咱妈存款的基础上，我又添了些钱才缴清的。我打算过两天找注册税务师咨询一下，把它买下来，户主换成我的名字。"

"敢情到头来图的就是这个？一座两代同堂的房子，就这么被哥哥独吞了？况且，说是把咱妈送进高级养老院，其实和古时候把老人背到深山给丢掉有什么区别？"

"少胡说八道！"真一爆出怒喝。

裕子心想，在一流企业顺利爬上高位的老哥，对着家人耍威风倒是挺有一套。

"裕子该分的那一份儿，当然我也有考虑到。只是，谁也不晓得老妈能活多少年。等到寿终的时候，费用该从哪里出，也必须由我精打细算。"

"什么不晓得能活多少年，当着咱妈的面，话是这么说的吗？"

回过神来时，裕子已激动地站起身来。不可思议的是，刹那间自己与伊藤火热相缠的画面，却闯进了脑海。自己早已不是家人们熟悉的那个妹妹或女儿了。她在内心自语，世间污秽之事，我已领略了太多。

"我不想掰扯钱的事。只是觉得这个决定下得太随便。我本打算把老妈接走同住的。"

"唉？！"哥嫂同时发出一声惊叹。典子却不知为何，脸上挂着恍惚的神色。

"我打算等老妈渐渐应付不了独居生活的时候，就把她接到家里来照顾。一开始确实是这样计划的。但我家目前的公寓太小了，四个人无论如何挤不下。所以想让老妈贴点钱，找个房间多点的公寓搬过去。"

闻言，真一的表情仿佛在说："瞧吧，你不也在盘算老妈的钱？"看得裕子心里直冒火。借着怒气，她连珠炮似的澄清："就算给我补贴一点，也花不了老妈多少钱吧。妈只要把这栋房子卖掉，就能到手上亿日元。我的意思不过是，换套多一个房间的公寓。换房的时候，咱妈稍微帮衬一点就行了。妈的脑子目前还很清楚，只要有我在身边照顾，肯定就能恢复。医生也说了啊，把老妈这种程度的患者送进养老院，有时反而会使病情恶化。"

话到这里，裕子瞧见真一苦笑了一下。想起来了，打小他就老是摆出这副神气。当自己缠着哥哥，闹着一起出去玩时，他就会露出一丝嘲弄的笑意，仿佛在说："你怎么行？"

"别说让妈搬过去住了，就算现在，你也有全职工作不是？一天到晚不着家。真到那时候，究竟指望谁来照顾老妈呢？"

"我会辞职的！"裕子喊道。

话一出口，自己也震惊了。对啊，自打母亲脑子出状况以来，自己竟未考虑过这个问题？别看背着店长的头衔，日常也只是负责调度一下店员而已，手中并无实权。采购、进货、企划，一应事务都不需她经手。销售高档家具这份工作，虽说也有乐趣，但多数时候，都被每月的营业指标逼得疲于奔命。况且裕子目前的角色，也并非不可替代。此刻，要让深爱的母亲丢下这个家，孤零零地住进养老院去。与其由母亲体验这份伤痛，不如自己随时辞职。她办得到。当真办得到。

"七实即将进入叛逆的年龄，康彦这阵子也忙得焦头烂额，眼看到了工作家庭不能兼顾的时候，我觉得恰好也是个机会。我随时可以辞职，回家和老妈一起清清闲闲地过日子。"

"那不行。"

典子开了口。方才的恍惚神色不见了，她眼里泛着泪光。裕子心说，啊啊，早猜到会挨老妈骂，果不其然。

"为了我，把孩子的人生搅得一团糟，世上再没有比这更伤心、更难过的事了。如果这样，我还不如去死。我真去寻死啊。"

回到家，康彦一如既往地坐在电脑前。他所任教的中学，长年顶着"名门贵校"的光环，这阵子却被后起之秀压过了风头。为此，校方开始施行比以往更加细致的辅导，此刻，康彦正把数据资料一项项往电脑里录入。到底在干些什么，具体怎么干的，裕子一概不知，反正老公成天坐在电脑前，用鼠标点来点去。裕子时常觉得，老公的世界不在自己和女儿这一边，而在电脑屏幕的另一边。

"回来啦？"

康彦眼睛不离电脑地打了声招呼。

"七实九点半上床睡觉的。作业我检查过了，她们这所学校的功课太轻松了。凭这种水准，到了考大学的时候，可就发愁了。不过，如果打算让她一直轻松下去，那另说。"

"是嘛，谢谢你。"

说完裕子便想离开书房。什么废话也不多说，回到客厅，喝杯红茶，打开电视即可。如此一来，今晚亦如往常，会是个安宁无事的夜晚。然而，裕子没有挪动脚步，现在非说不可。不知打哪里冒出个声音，催促她：拿出勇气来。

"我有话跟你说。关于我妈。"

她把晚间哥哥家的对话简短复述了一下，并没告诉老公，母亲忘关煤气这事。尽管如此，康彦眼睛虽不离电脑，肩膀却耷拉下来。这是他心情欠佳时的习惯动作。

"所以呢，我想把妈接过来照顾。考虑到咱家房子小，无论如何挤不下四个人，我打算让妈帮衬一笔钱，换套大点的公寓搬过去。"

"这种事，你擅作决定，我会很为难。"

老公总算开了口，扭身望向裕子。

"不管把妈接过来照顾，还是搬家，都不是什么动动嘴皮子的事。这么重大的决策，你该不会以为单凭自己一个人，就能随便拿主意吧？"

"可是，不这么办，也没别的法子啊。"

裕子盯着老公的双眼，细细的长眼睛，毫不掩藏内心的不耐烦。"外人"，裕子想起这个字眼。没错，夫妻本是彼此熟悉的外人。而在老公看来，她的母亲亦是不相干的外人。他的眼神仿佛在说："要求我为了一个外人，改变自己的生活？想都别想。"

"你妈当真愿意搬过来住吗？"

"什么意思？"

"毕竟啊，一个自己提出要去养老院的人，怎么会轻而易举地改口说，'好啊，我去住女儿家吗'？"

"可是，我想把妈接过来啊。哪怕辞掉工作，也要和妈一起生活。我当真这么打算的。"

"你啊，可笑得很。咱妈的事情固然重要，可更为重要的，是你今后的生活才对吧？好不容易干到今天的工作，非丢掉不可吗？你啊，到底是怎么想的？头脑冷静一点，好不好？干吗非要小题大做？"

"我没有小题大做。你只需要答应我这点要求就行了。再说了，你不是背着我在外面偷女人吗？给我这点小小的补偿，也没什么啊。"

"你说什么？"

康彦震惊地望向裕子。

"我，背着你偷女人？你有什么根据这么讲？"

操作电脑的手停了下来，康彦盯着妻子。"一脸茫然"这个词，用来形容他此刻的表情，十分贴切。那是张全然无辜的脸。

"你这话，到底什么意思？"

裕子迟疑了。她有预感，此时此地不管说什么都是白费唇舌。自己单纯只想解决眼前这个难题，该怎样做才好呢？到头来如果被康彦指责，整件事都是自己一个人瞎琢磨，她可咽不下这口气。可惜，话一旦出口，就开弓没有回头箭了。

"你出过轨吧？"

"啥时候？啥时候嘛。"

老公的口吻里含着轻微的调笑之意。难道他一点印象都没有？还是说，自信我不可能抓到把柄，才敢这么盛气凌人？

"今年，参加酒田君生日派对的时候。"

一个灌了满肚子红酒的出席者，向同样醉醺醺的老公搭话道："老师年轻有为，女人缘想必不错吧？不不，毕竟也是为人师表，大概没干过什么坏事儿吧。比如偷偷腥什么的。"

而老公的回答是："别看我老老实实的，年轻的时候经历丰富得很呢。"

裕子冷静地试图再现当时的情景，却没能办到。

"什么啊！别犯傻了好吗？"

不出所料，老公大笑起来。

"我自己都不记得说过这种话。不过是趁着酒劲，随口说两句大话而已。要是连这也要被你暗中记仇，那我真服了你了。"

"不，不是的。"

此时，裕子感到一股不可思议的力量自脚底涌来，弥漫周身的速度与怒火无异，连她自己都无法按捺，顷刻间，她的手指便一阵发麻。

"那些绝对不是酒劲上头说的胡话。你当时得意扬扬，表达得很清楚。什么就算当老师，出了校门也是个普通男人，有点风流韵事也理所当然。"

"那也是指年轻的时候吧？也许是和你结婚之前，单身时候的事。"

"不可能。你就像炫耀自己的英勇事迹一样，宣称自己也是个会偷腥的男人。"

"简直傻到家了。就算我过去有过些风流事吧，那又怎样呢？你又拿不出一点证据，就信口指责，让我能说什么呢？"

调笑的口吻消失了。康彦彻底不耐烦地摇了摇头。

"现在还来翻年轻时候的旧账，说这些有的没的，也没意义，不是吗？"

"就算无凭无据，就算是早几辈子的老账，你出轨就是出轨。"

"我没出轨。"

"出了。"

"你给我适可而止，行不？那好，是又怎样？要是我真出轨了，你还想离婚不成？要跟我分手不成？"

裕子沉默了。是的，自己揪着老公的把柄不放，究竟是图什么呢？就算骑虎难下地责问到底，等在尽头的，不也只是短短一瞬获胜的得意吗？

"你啊，有点不对劲。为了咱妈生病的事，我知道你很心累。可是，一点不打商量地说要把妈接过来，还非找碴儿说我背着你偷女人，我倒还想问呢，你这是抽的哪门子风？"

康彦复又转身面朝电脑，拿着鼠标点来点去。

"我说，看护父母这件事，不可考虑得过于轻率。你的心情，我也不是不能理解。但咱妈的问题，要再慎重一点对待，不然回头全家都会给累垮的。你非要去赌这口气，也没意义，不是吗？"

"什么赌气不赌气？我单纯只想和妈一起生活，想照顾自己的老妈而已。"

"单纯？说来轻巧。如今这世上，单纯才是最高规格的奢侈品，好吧？"

眼前的男人，只是个外人。当裕子发自内心感到康彦只是个冷漠疏离的外人时，眼泪瞬间夺眶而出。自己原本便是和一个"外人"相识，结婚，组建了家庭。到头来，也终究要以"外人"的身份而收场。自己明明早就该清楚的，为何此刻仍如此悲伤？

即使头脑已渐渐失常，仍拼命守护自己的母亲，令裕子如此心疼，越发觉得非要好好珍惜不可。这一刻，老公的分量，在她心目中骤然轻了许多。

老公依然面朝电脑。这个男人，究竟与自己的人生有着怎样的羁绊？他，会是那个哪怕丢弃母亲，自己也要义无反顾选择的人吗？

"我说这话，听来或许冷血，但你还是多冷静考虑一下吧。你啊，为了安置咱妈的事正心急上火，所以才会冒出妄想，以为我做了什么对不起你的事。"

"不是的！"裕子叫道，"你出轨了！绝对出轨了！每天干着背叛我的事，还一脸平常地回家来。我倒是怀疑，为了守护这个充满欺骗的家庭，必须放弃自己的母亲，到底值不值得。"

此时，奇妙的是，裕子丝毫没考虑过伊藤那档子事。她压根没想到，自己也背叛了老公，与老公同罪。

理由是，自己与别的男人上床，初衷是真挚的，且内心的滋味并不好受。激发她这种心思的人，并非他人，不正是自己的老公吗？自己和别的男人偷欢，绝对算不上出轨，而是更为沉重、真切的动机使然。或许，既渴望得到对方的真爱，也渴望真正去爱对方。而如今，到手的却只有空虚，令她不免追悔莫及。

此刻，自己外受老公的折磨，内受伊藤的摧残。正常来说，当中的某一方应该成为自己的救赎，但裕子却没有这根救命的稻草。

"妈妈！妈妈！"

裕子在心中一遍遍地呼喊着母亲，仿佛幼年时，自己拼命寻找母亲的身影时那样渴切。活到四十二岁，最终能投奔的依靠，仍旧是母亲，实在太过悲哀。然而，没有办法。对此刻的裕子来说，这才是唯一真实可信的感情。

"喂！你到底怎么了？"

裕子的表情大概过于古怪，康彦停下了操作鼠标的手，向她望过来。

懊悔归懊悔，裕子仍无法和伊藤做个干脆的了断。如果彼此是更认真的恋人，大概会有个仪式，郑重宣布"我们分手吧"。但自己与伊藤的关系，早就变成自己单方面苦等对方时有时无的消息了。如此发展下去，什么时候自生自灭也不稀奇。这种交往模式下，主动提出"分手吧""不会再见你了"，只会让对方觉得自己莫名其妙、傻里傻气。假如贸然提分手，又分不彻底，对方一定会得意于自己对他余情未了。

然而，矛盾的是，行动上裕子却给田崎圭子打电话，约了一起吃饭。了解伊藤近况的人，非圭子莫属。伊藤为何短信、电话一概全无？是去海外出差？还是工作太忙？裕子最期待的答案是，他病倒了，要么出车祸住院了。

事到如今，还愿意相信这套编造的鬼话，裕子不禁想为自己的愚蠢发笑。然而，人妻与老公以外的男人偷情，或许总会掌握几项愚蠢的本领。

约田崎圭子见面，相对就自然多了。裕子最后一次见她，还是半年前，她邀请裕子参加派对那次。当时，她把伊藤介绍给了裕子。而那之后，发生的事令裕子心有愧疚，再加上每日汲汲忙忙，也就一直疏于联络，最多发条手机消息，交换三两句无所谓的闲话。

"你妈情况怎么样了？这阵子操心各种事，你应该挺累的吧？"

圭子以为裕子一直不联系自己，是因为操心母亲的病情，这无疑令裕子求之不得。

"我哥说，要把我妈送养老院。可我隔三岔五常回娘家，每次看她都挺正常的，生活一点没问题。但我哥嫂非说，我只见到了我妈状态好的一面。真是，父母养老的问题太折磨人了！"

"是啊。裕子，你瘦了点。"

"呃，真的？"

裕子不自觉地抬手捧住了脸颊。

"体重没变啊。到了这个年纪，身上就算胖起来，脸颊也会瘪下去，看起来一副苦寒相，讨厌死了。"

"那倒没有。不晓得为什么你的气色超好，皮肤晶莹透亮，女人味更足了。"

"哦？原来是夸我有女人味，谢啦。"

"哈哈，多喝一杯吧。再点壶冷酒好啦。"

每次两人见面，都由圭子定地点。讲究吃喝的她，当晚挑选了六本木的一家甲鱼料理店。该店每晚只接待四桌客人，在甲鱼火锅之前，会送上小巧精致的迷你寿司。两人拿来作酒菜，喝起了冷酒。圭子染着银色蔻丹的手上，粉色碎钻熠熠发光。这么说来，她先生前阵子在国际建筑设计比赛中斩获了大奖，作品是座亚洲数一数二的巨型机场。同样毕业于女子大学的住宅学系，裕子成了家具店的店长，圭子却做了著名建筑设计师的妻子。不过，裕子对她却嫉妒不起来。毕竟，圭子付出的代价也非同小可。对一个有老婆的男人抱着坚定的信心，苦等了对方五年。裕子想，我可没这么强悍。不对，圭子之所以能够守候到底，或许因为，男女双方都深爱着彼此吧。

而自己和伊藤，一场游戏而已。正因是逢场作戏，男人才会这么早就暴露不诚实的态度。但话虽如此，即便是游戏，裕子也希望有个明明白白、尘埃落定的结局。

谁知，圭子却完全不往裕子期待的方向带话题，一直在聊从前某位女同学的八卦。据说，她亲手毁掉了经营十六年的婚姻，在外面有了情人，对方是个小她四岁的年下男，幸好尚且独身。于是，两人顺利修成正果。

"这一来，周围的人全都大跌眼镜。结果呢，人家马不停蹄就怀孕了。和前夫之间明明十几年没有小孩，刚一再婚，转眼就要生了。听说是个女孩，把她高兴得跟什么似的，说接下来开始的，才是真正的人生。"

"嗯……四十二岁了呢。"

挺有一手的嘛。裕子叹了口气。

"不晓得怎么回事，咱们那帮老同学，最近个个都有大动静。有不少离婚的，还有重归职场的。"

咕嘟咕嘟冒着热气的甲鱼锅端上桌来。宛如昔日少年漫画中走出来的白衣帅哥侍应生，动手为两人盛汤。已剁成碎块的甲鱼肉，在白汤中冒着泡泡。

"哇，这个，胶原蛋白的宝库！明天皮肤就会光滑 Q 弹。"

圭子喜滋滋地叫道。岂止是胶原蛋白，那张脸估计还注射了玻尿酸等各种成分。圭子的皮肤，光泽晶莹到了不自然的程度。她虽不曾明说，但看样子，估计是有了鲜肉小情人。别看她外表直爽，似乎无话不谈，其实关键的秘密，绝不会透露半分。

"两个女人用餐，甲鱼最好不过了，好吃又美容！"

"要是能再便宜点，就更好了……"

"说什么呢！便宜的甲鱼，还有什么吃的价值啊？这家店选用的是霞浦湖出产的高品质甲鱼，跟其他产地的那些廉价货可有本质区别。"

今晚这顿饭，估计也是圭子买单吧。即便裕子恳求"咱们AA吧"，她也绝不会答应。

"说什么呢！穷教师的妻子，别为了无聊的面子逞这种强。"

浑身包裹在华伦天奴黑色套裙里的圭子，虽拥有奢华的生活，却散发出欲望永不餍足的女人所特有的美感。这样的女人，总有种微微过剩，以致廉价的风情。

"七实宝贝，还好吗？上……小学了吧？"

"要不了多久，就该上六年级了。"

"是嘛，曾经的那个小不点，已经快要六年级了？将来计划进咱们母校的附中？"

"是有这个打算。近几年，女大附属中学依然人气不减。这年头，连幼儿园到小学都必须一路名校。等升中学时，排名最靠前的十五人，会一个不剩地保送初高中连读的女子校。"

"这样啊，咱们母校面临的竞争也挺激烈的。"

"世道如此啊，就连略有名气的私立学校，都不敢轻忽怠慢。在少子化的今天，以往偏差值只有三十点的落后校，为了这场生存赌博，也开始发动猛攻了，否则生源就会被抢走。"

"对了对了，说到私立名校，有个好玩的事情哦。"

圭子兴奋地灌了口冷酒。

"听我说，不是有个樱桃学园吗？"

"这我当然知道。"

偏差值虽说不算太高，但学生都是社会名流的公子、千金。如坐直梯一般，可直升大学的体制，保证了该校的人气。为防七实成绩下滑、考学困难，裕子也曾考虑过这个选项。

"前阵子，我介绍过切克兴产的社长伊藤给你认识吧？你还记得不？"

裕子装作低头喝酒，调整了一下呼吸。从刚才起一直等待的话题，忽然毫无铺垫地被丢到了自己面前。

"记得啊。"

"那个伊藤君，他家儿子就在樱桃学园读初三。然后呢，也不知这男人怎么想的，居然对儿子同班同学的妈妈下了手。"

"唉……？"

裕子又嚼了一口冷酒。不接着喝口什么，她怕自己忍不住把不该说的说漏嘴。

"据说刚开始追求的时候，花了挺多心思，可一旦得手后，反倒是女方对他爱得要死要活。如今两人毫不避讳地高调出席各种派对，在学生家长中似乎也掀起了一拨话题。"

圭子的视线，径直落在裕子脸上，看起来仿佛在窥探她的面色。裕子又怎能怯阵？绝不可心虚。她仰脖喝干了杯中的冷酒。

"樱桃这样的名校，还会闹出这种八卦，也够叫人吃惊的。咱们母校一向朴素低调，参加活动的也全是孩子妈妈，首先不会发生这类情况。"

嘴上侃侃而谈，裕子心想，看来自己还应付得不错。

"那两位家长，在学校不会造成坏影响呢？既然已经成为众人议论的话题，我猜校方应该会出面警告吧？"

"这也分情况。校方也感到难以置信。大概不敢马马虎虎下结论吧。啊，这么说起来……"

圭子小心察看着裕子的脸色。

"那个伊藤君，对你不是挺感兴趣？那天咱们吃晚饭，他一个劲儿冲我夸你，说你好漂亮，是他中意的类型。我当时特别担心，真怕他万一对你下手该怎么办。"

"说什么傻话呢。"

对方用露骨的话语朝自己强力抛球，正如打乒乓球，自己也快速利落地完成了反击。面对挑衅，裕子脸上自然而熟练地挂出大笑。

"少来了。要是有更优秀的男人上门追求，我还可以考虑考虑。"

"就是啊。伊藤那种男人，压根不是裕子爱好的类型嘛。你更喜欢康彦那样正派认真的男人吧？最受不了野性的花心男啦。"

"与其说受不了，不如说没兴趣。"

"那就好，那就好。万一裕子上了他的钩，不就成了第二个'樱桃妈妈'了吗？"

"快打住吧。真搞不伦恋的话……"

刚才明明还对答如流，话到这里，裕子却语塞了。

"逢场作戏的那种男人，恕我不感兴趣。我只会跟真正喜欢我、诚心诚意的对象交往。"

"说的也是啊。"

方才的帅哥又来到桌边，询问是否用剩下的甲鱼汤烩一份杂粥。

"那就拜托了。吃了他家地狱般滚烫的杂菜粥，不知道为什么，感觉浑身活力四射呢。”

圭子抚了抚自己的面颊。

“从内补充胶原蛋白，明早肌肤就会容光焕发。虽说人家听了或许会撇嘴，四十来岁的女人了，容光焕发又能怎样。”

“管他呢。自己满足就好。女人到了四十岁，身为人妻，还总盼着再次为谁心动，巴望来场轰轰烈烈的恋爱……我会觉得，这样的人太过贪心不足。女人要懂得为自己而美，凡事自己开心，不就够了吗？那位樱桃学园的妈妈也是，原本可以浅尝辄止的感情，非要贪得无厌地追求到底，才会成为众人的笑柄。真要是提前知道有多不体面，她也干不出那种事来。”

当夜，裕子删去了伊藤的邮址。将手机号码也设置了来电屏蔽，以防对方再打过来。

开始前曾百般烦恼、纠结的关系，收场却潦潦草草，像年轻时的恋爱，既没有面对面的深谈，也没有眼泪、电话、书信。然而，受伤的感觉却如出一辙。不，或许比当年的伤害更深。裕子意识到，这是她人生中最后一次恋爱。四十二岁的自己，在达到年龄上限之前，经历的最后一份恋情，却落得如此惨淡的结局。

秋霜

裕子从未体验过这样的感觉。

痛苦？倒不是。当然，也并非难过、悲切，而是一股惨淡的寒意，包裹了周身上下。

"我被玩弄了。"

对那个男人来说，自己不过是只猎奇的玩物吧。每收集一枚人妻，大概也会随之获得某种征服的快感。不管怎样，对方不含半点真心，从未认真诚恳地与自己交往。

而自己，却稀里糊涂遂了对方的意。还傻傻地以为，男人必定深爱着自己。而对方，也意识到这份禁断之爱为世所不容，偷偷咂摸着美妙的滋味。更愚蠢的是，自己甚至试图回应，发乎真心地去爱这个男人。究竟该如何理解自己的这种心境呢？和老公以外的男人肉体交欢的罪恶感及兴奋感，激发了自己对他的依恋吗？

"我被玩弄了。而且，我也不爱这个男人。"

只需这样想，便能释怀了吧？裕子却办不到。惨淡的寒意越发深浓。

伊藤仍没有任何联络。裕子虽对自己的手机进行了设置，保证收不到对方的短信或电话。但假如伊藤真有话说，不管采取什么方式，总没有联系不上的道理。虽说比较危险，但写信也不失为一种办法，甚至可以自行找到裕子的家具店来。明明有大把的选择，却不见他采取任何行动。

而裕子，实际也知道自己在等待伊藤的联络。她憎恨不清不楚的结局。睡过自己的男人，不做任何交代，既不解释也不道歉，就这样扬长而去。好歹，嘴上也该给个借口吧。

"我是认真的。可毕竟你是有家庭的人，我选择退出。"

替对方考虑到如此地步。裕子为自己的愚蠢而无语，连自己都觉得自己简直没脑子，怎么会去相信这种狗血的戏码。到底想从男人那里得到什么？

这阵子，裕子在家中也常会不自觉地陷入沉思。听到七实唤自己，才慌慌张张调整好表情。然而，老公对裕子的忧郁状态，却完全不疑有他，始终认为她在为那件事怄气。

"你出轨了。"

自从那天被裕子逼问，半个月快要过去了。夫妇关系一如往常，没有任何改变，仿佛那件事终究只是裕子的被害妄想。然而，两人之间别别扭扭的感觉，在夜晚的卧室里也有体现。平时，哪怕不做爱，上床以后，夫妇俩也会东聊西聊，或者互相玩笑打趣。

而现在，裕子对老公一言不发。总之，她会早老公一步躺下，熄掉床头灯。片刻后，身边传来老公结束工作，掀开被子钻进去的动静。换作以前，裕子会关心几句：

"明天是不是要早起？"

"好像说会很冷。你的大衣，送去干洗还没拿回来。不要紧吧？"

而如今，她会背朝老公装睡。不久，耳边传来老公的鼻息。她更加深切地意识到，身边的男人只是个外人。这让她有种被弃置荒野的孤独感。明明有老公、有孩子，可在这世上，自己却孑然一人。

是以，裕子解开睡衣的纽扣，将手伸向自己胸前，试着温柔地触摸。手无法探进睡裤里去。那也不是裕子真正渴望的。她以左手轻轻抚弄右乳，由于是平躺的姿势，几乎没有乳峰，但乳尖却倏而轻盈挺立起来。乳房依旧足够饱满、柔软。就在不久前，还曾有男人这样逗弄过它们，而那人并不是老公。裕子假想自己是男人，试着爱抚起双乳，触感温润、光滑。即便如此，男人依旧不能满足吗？说来说去，男人无疑更馋年轻女人丰满弹性的酥胸。

可哪怕年轻不再，这对乳房却是多么柔软、圆润、手感适意啊。裕子想，以后再不会有男人这样怜爱它们了。极其偶尔地，老公大概会伸手摆弄几下。然而，那也不过是夫妇间的礼仪，而非爱抚。

啊……我完了。她哀叹，作为女人，再也不会被爱了。明明拥有一对美丽傲人的胸器，却如锦衣夜行，更不可能主动向谁炫耀。而自己就这样一日日逐渐老去……

这阵子，每晚临睡前，裕子的思绪都绕着这件事打转。

对老公的感情和对母亲的感情，完全呈反比例增长着。对老公，裕子越来越猜忌和厌烦。相反，对母亲的依恋却越发强韧、细腻，到了她自己都吃惊的程度。母亲虽仍在世，这段日子里裕子儿时的种种记忆却接连苏醒。身穿夏装的母亲和自己在一起，裕子头戴最爱的那顶饰有宝蓝缎带的草帽。两人手牵手，走在新宿的街头。外出购物时，母亲总是只带裕子一人，把哥哥和父亲都撇在家里。由于可以独占母亲，裕子高兴得乐开了花，紧紧牵着母亲不撒手。母亲一手撑着白色阳伞，穿一身白色珠地面料的套装。裕子最喜欢这套衣服，这套衣服衬得母亲格外年轻美丽。母亲柔声说道："嗓子渴了吧？去伊势丹百货的顶楼买杯冰激凌苏打好啦。要不然，甜筒也行。"

一想起那时的光景，裕子便忍不住泪湿。她甚至觉得，自己真正发自内心深爱的，除了女儿，也只有母亲了。

"所以，我来好好照顾老妈。不惜任何代价，也要和妈一起生活。"

她抛出这番话，震惊了哥哥真一。

"你啊，仔细想清楚。老妈已经七十二岁了，还能再活几年，谁也不晓得。她的余生，你打算全部接管吗？照料老人这种事，可能是一年，也可能是二十年。所以别说得这么轻飘飘的。"

"可我不想把妈丢到医院或是养老院。绝对不。"

"拜托，你最好少说这种感情用事的话。幸好，咱妈已经同意了。她说啦，趁目前脑子还算清楚，想自己好好挑个养老院。"

"我不会让这种事发生的。妈由我来照管，而且要和我一起生活。"

"康彦同意你这个安排了？"

"我会让他同意的。"

"你这个人啊……"

哥哥叹了口气。

"你这阵子真病得不轻。康彦君也说了，你的状态很古怪。不考虑后果地宣布要把老妈接走，还声称要辞掉工作。你自己也身为人母，麻烦再冷静想想吧。仔细思考一下，对现在的自己来说，什么才是最重要的。"

哥哥作为能力过人的商业人士，说话沉着而从容。大概是在无数场会议和演讲中锻炼出来的吧。但是，裕子认为哥哥的这份冷静不堪信任。为了保全自己的生活，轻易要把母亲送入养老院的他，在裕子看来，无疑是个冷漠自私的男人。

然而，母亲对此却不置一词。典子似乎正着手收拾自己身边的一应物品，甚至找裕子商量该如何处置她的和服。

"我原本以为没多少件。可毕竟活到这把岁数了，也慢慢攒下了不小的数目。裕子要是能给拿走就好了。不过，你平时根本不穿和服吧？"

"几件和服而已，你就自己收着呗！"裕子叫道，"说不定哪天还要穿呢。好好收着就行啊。"

"今后也穿不着和服啦。连系个腰带，手都绕不到背后去。"

"去美容院让人家帮你穿嘛。"

"我可没那个雅兴啊。"

就裕子所见，母亲的表现并无异常之处。但是她本人，却说得斩钉截铁。

"不不，我心里很清楚。有时候我站在那儿，甚至完全不晓得自己到底要干吗？有时候连头一天的事都想不起来，自己都惊呆了。"

看样子，母亲彻底糊涂的那一天快到了。

"我已经下定决心了。养老院里，类似我这样的人还有好几个。我寻思着，痴呆老人就和痴呆老人一块儿愉快地玩耍吧。"

"都说了别这么讲嘛……"

裕子为自己的无能为力感到可悲，却又欲哭无泪。她想，为什么单单只是嫁了人，就非得将自己最深爱的人撇开不管呢？通常来说，女婿都对岳母感情冷淡。看到妻子照顾母亲，充其量只会以"默许"的形式袖手旁观。如果自己具备经济实力，不必指望老公的收入，那该多好。自己一定可以挺直腰杆说："我偏要和老妈在这个家里一起过。不乐意的话，你可以搬出去。"

就算老公当真搬出去，她也无所谓。届时，就可以和母亲、女儿三人安安乐乐地度日了。如果自己一个人的收入也足以支撑家计，母亲大概就不必受眼前这份苦了吧。现在或许还来得及。或许有什么方法，既能让母亲获得最大的幸福，自己也可以免于不幸。

"妈，那件事你有考虑过吗？我觉得那个办法，是目前的最上策了。"

"哦哦，那件事啊。"

两人口中的"那件事"，便是裕子想出的计划。母亲典子卖掉房子，把钱交给裕子，买一套更宽敞的公寓，然后大家一起住。

"那纯属纸上谈兵，不切实际。"

典子笑了。

"真——一家子住到哪里去呢？把他们赶出这个家，他们也会犯愁的啊。"

"我哥收入应该很高的。一家人找个住的地方，根本不算难事啊。"

"裕子啊，听我说。"

典子望向她，目光如炬，强烈到让人不禁怀疑她是否已丧失一部分神智。

"当下活着的人才是最重要的。没必要过多地考虑一个快要入土的人。我自己会好好照顾自己的，不要紧。"

"都说了别这么讲嘛……"

裕子的泪水滚滚而下。

"妈，你再等一等。我一定会说服康彦。我会找他好好谈谈。要是你不介意住得太挤，现在随时可以搬到我家来。妈，最开始这阵子，和七实住一个屋也行吧？那孩子也会开心的。"

"不啦。你用不着替我担心。"典子静静说道，"裕子啊，你只要考虑自己的家人就行。其次，就是你个人的工作。我就是因为一天班也没上过，才会落得这样可悲。你啊，要好好工作。工作的女人，才是真的强大。"

听着母亲这些心酸的话，裕子胸中涌出一股对老公的愤恨。如果没有这个男人的阻挠，自己不就可以和母亲幸福地生活在一起了吗？自己如今的人生中，丈夫这个角色，果真有必要存在吗？不知何时，康彦成了介入母女二人之间的异质分子。

签约的花店送来一捧樱花，同时也提供了花器。裕子将花枝插进一只信乐烧大陶罐中。日本的陶器和樱花，与最新款的意大利家具搭衬，效果美到不可思议。裕子将樱花摆在了店中央一张白色拼贴的布质沙发旁。

"好美啊！真有春天的气息。"

女店员发出了感动的赞叹。二十来岁的女孩，似乎也懂得欣赏樱花之美。

"木下，你常去赏樱吗？"

"嗯，每年都去呢。我男朋友家楼下，建成了一座公园。路两边种了许多樱花树。我们两个常常喝着小酒，在那里赏花。"

"男朋友"三个字，刻意拔高了声调。裕子到现在也没听习惯。她甚至疑惑，被恋人用如此奇奇怪怪的方式称呼的男女，他们的爱情，到底会是什么模样。当然，这话她绝对不会问出口，只会笑笑地说："哇，年纪轻轻还挺风雅嘛。"

这时，裕子的目光落在门口，停住了。一个中年男士正打算进店，西服之外罩了件灰色大衣。他放眼环视店内，仿佛拿定了主意，才迈步走进门来。

这里是杂志经常介绍的意大利名牌家具店。许多客人，会好奇地进来瞧瞧店里都在卖些什么。不过，这类客人基本都是女性或年轻夫妇。独自进店的男性中年白领，十分少见。裕子的目光，自然追随着男人的一举一动。

她交代过店员，这种时候，千万不可贸然上去打招呼。只需轻轻点头致意，说句"欢迎光临"即可。

男人径直朝这个方向走来，似乎是冲着樱花来的。他大概跟老公年龄差不多吧。裕子用通常情况下女性都会采用的标准，飞快地评估了一下。男人身材伟岸，宽阔的肩膀，与质地优良的灰色大衣十分合衬。而看到裕子的瞬间，他展颜一笑。

"你好。"

"欢迎光临。"

裕子有些慌神。男人的笑容如此自然。微微耷垂的眼睛和雪白的牙齿，皆宛如宝石。从皱纹来看，他估计比老公大几岁。

"您在找什么家具吗？"

"我想物色一套好点的沙发。"

"除了店内展示的商品，我们还备有图册，供您慢慢挑选。沙发的话，您是自家用吗？"

"不，是公司用的。"

挺意外的。办公家具，通常都由业者[1]统一挑选配置。像这样寻觅上门的客人，裕子还从未遇见过。

"请问，您是……"

"我是店长日下。"

"是嘛，店长原来是位女士啊。"

男人递上名片。自己主动掏出名片的客人也是寥寥无几。名片上

1　业者：从事某种行业的人。

印着中型制药企业的名字、总务部次长的头衔，以及男人的姓名新井雄一。

"我主管公司的行政工作，社长室用来接待客人的沙发太过土气。用社长本人的话说，总交给家具业者代办，才搞得这么不成体统。于是命我自己去跑、去淘，务必物色一套气派的沙发回来……"

这位看来是位贵客。裕子寻思，提起阿尔卑斯制药，可不算小公司。如果是用在社长室里的沙发，品质须得相当精良吧。

"失礼了，鄙姓日下。"

裕子也慌忙取出名片。

"说来简单，可沙发款式也是形形色色呢。确实跟鄙公司那套人造革沙发有天壤之别。"

"如今正是主题促销期间，店内陈设的家具，主要是面向新婚或乔迁的年轻人士。您要物色那种沉稳气派的款式，本店也备有许多选项，请您务必参阅本店的商品图册。"

裕子将男人引至屏风后的沙发上落座。男人一面口中沉吟，一面翻阅着商品图册。

"其实，本店还有若干名持有专业资格的家居搭配师。如果方便的话，实际考察一下贵公司的社长室，还可以为您提供更多选购方案……"

"这样啊……"

男人似乎有话难以启齿，努努嘴唇，嘟哝道："那个……今天一上来，我就径直进了贵店。等我再去其他店看看，比较研究一下，可以吗？"

"当然可以哦。"

裕子露出微笑。眼前男人的坦率，惹人好感。

"您慢慢看吧，然后再去其他店转一转，若感觉没有中意的，随时欢迎您回来。"

"好，我会回来的。"

男人大声回答，仿佛小学生。两人无意识地相视一笑。

是个诚恳率直的男人。

通常来说，客人想货比三家，都会刻意含糊其词。

"我回头再来。"

"等我仔细翻翻图册再决定。"

而这个男人，却把话说得明明白白。虽直言不讳，却绝不惹人反感。裕子甚至寻思，名片上印的职位是总务部次长，难道平时他都是这样直来直去的行事风格？

谁知，男人一去之后，便再没出现。恐怕在其他店里，物色到了满意的款式吧。这事常有。感觉挺不错的一位男士，裕子略有些遗憾。东京有好几家专做进口家具的门店。也有的门店夸口说是意大利家具，但家具的价格却只有本店商品的一半，外行不太懂其中的门道。即便设计相仿，弹簧的构造和靠垫布料的质地相差甚远。而这些细节，普通顾客是很难察觉的。那个男人估计也是其中一员吧。裕子不知不觉便将此人的事淡忘在脑后。

因此，两周后，当这个男人再度来访时，老实说，裕子当真十分惊讶。

"是店长日下女士吧？"

新井露出羞涩一笑。

"您还记得我吗？老早前，您给我介绍了不少沙发款式，还为我提供了好多建议。"

"啊，当然记得啦。您是阿尔卑斯制药的新井先生嘛。"

"哎呀，实在惶恐。"

"是这样的……"新井解释，"我在其他店看了一圈下来，还是最中意贵店的款式，可拿着商品图册回公司给上司一瞧……"上司吃了一惊："一套沙发就要三百五十万日元?！"要是把书架也配齐，整个算下来至少七百万日元。上司无论如何都不答应，于是，新井花了两周时间做说服工作。

"明明被社长狠狠数落过，再买以前那种俗气的大路货是不行的，但是作为给人打工的白领，碰到这种花大钱的时候，还是会缩手缩脚啊。"

包括地毯、座椅合计在内，新井请裕子给个估价。

"明白了。鉴于这种情况，本店可以为您多少打点折扣。"

在有介绍人的情况下，店长可依据自身判断，给予九折优惠。裕子打算给新井先生也行个方便。

"那太求之不得了。我听说这样的高档门店，一般都是不讲价的。"

"本店对某些尊贵的客人，会悄悄给予特殊照顾。"

裕子的言外之意：实际上，按照一般惯例是没有这项优惠的。

"我对家具虽一窍不通，但贵店的这套沙发，款型简洁大方，真的非常漂亮。"

"感谢您慧眼识货。这套沙发属于朴素风系列，在意大利本土也相当有人气。"

裕子将坐在最里侧那张办公桌的部下唤了过来。

"这位是村濑，本店的家居搭配师，接下来由她负责为您提供更多专业建议。"

"那么，有劳这位了。"

新井与搭配师商讨购买决策时，裕子为二人端来了咖啡，之后就站在远处重新打量这位男士。她时常这样观察客人，评估店内陈列的家具与来客在调性上是否匹配。

最新的这批意式家具，与该男士绝对称不上相衬。不过话说回来，能够和意式家具风格相配的日本男人，裕子也很难喜欢。工作中时常会遇到这种类型的男客：出入高尔夫球场，皮肤晒到黝黑发亮，白衬衫故意松开几粒纽扣露出胸膛，还有的尽管身穿普通西服，也莫名显得时髦又骚气。他们常会携女伴前来，毫无羞色地高调买下一张超大尺寸的双人床。而新井怎么打量，都是个平凡的日本男人。被意大利家具包围，略微显得不太自在，但那份局促，反倒感觉蛮可爱的。被新井夸赞过的那套皮革沙发，估计他绝不会买回去放在家里⋯⋯不知不觉，裕子又想起了伊藤。本以为早已将此人彻底遗忘，谁知脑海中仍时不时冒出他那张脸。

"我真是蠢到家了。"

裕子自言自语，开始敲击电脑键盘，先预估了一个大致的价格，而后着手计算新井所能享受的折扣额。只是个感觉不错的中年男客，裕子却尽最大可能为对方提供优惠。这或许也是一次对伊藤的小小报复吧。

"那位新井先生公司里的同事都蛮有意思的。"

送货上门的那天下午，村濑今日子忽然向裕子提到。

"他们家的社长，据说是公司的第三代继承人。神户出身，稍微有点年纪，打扮得却很时髦，脖子上还系着领结。今天我们送家具过去，他满意得不得了，说总算有了一个称心的会客室，还忽然高兴得唱了起来。那种唱腔，大概就是歌剧中的咏叹调吧。然后，新井和一帮职员，就在旁边笑眯眯地望着，对社长的怪异举止，一副见怪不怪的模样。"

"是嘛。"

家具下单之前，裕子曾在网上检索过阿尔卑斯制药，据说是个代代相传的私企，但在新药开发等各方面成绩斐然。

"对了，新井先生说，受到店长不少关照，他想表达一点谢意。问您愿不愿意三人一起吃顿饭。"

"哎呀，是嘛。可以啊。那就太期待了。"

裕子随口支应了过去。客人提出的这类邀请，基本上都不能当真。不料，次日打开工作电脑，却收到了一封新井的邮件。

——估计您已经收到村濑小姐的转达了吧。为表谢意，可以请您吃顿便饭吗？您哪天时间比较方便，还盼告知。

裕子微微有点提不起劲。和老公之间的日常氛围，已绝非尴尬那么简单，而是有种更微妙的紧张感。两人都绷紧了神经，小心提防着对方，以免被抓到什么错处或把柄，无疑都设想了不知何时便会发生的最坏可能。可以想象，到了互相责备、彼此怒骂的那一天，会是什么光景。

裕子不想没事找事，参加什么不必要的聚餐，为此而晚归。把女儿交给老公照管，等于给老公拱手送上攻击自己的把柄。

然而，三十一岁的村濑却格外积极。

"唉，店长，去吧。新井先生这人，感觉蛮好的不是？身上不知哪里，有种难以形容的少年感。据说，他以前还是同志社大学橄榄球队的成员呢。这么一说，还真有那种气质。"

裕子有点意外。自己与新井之间，从何时起，成了彼此交换个人信息的关系？今日子还年轻，并且独身。新井看起来虽朴实讷言，说不定面对年轻女人时，其实相当贫嘴薄舌呢。倘若真是如此，裕子不免思忖，新井真正的目标大概是今日子吧。但话说回来，他若真想和今日子单独吃饭，找个借口直接约她本人不就行了？

恐怕，还是希望为这次享受折扣的事，向自己表达一点谢意吧。如果是这样，裕子更想推辞了。她可不愿为了这种礼尚往来，白白花费一个晚上，也不愿只是给对方打了次折扣，就要接受对方请客道谢，便把女儿单独丢在家里。

没承想，新井的第二封邮件马上便到了。

——我听村濑小姐说，您每日十分繁忙。这一点我能充分理解。但是，仍恳请您务必赏光一同吃顿便饭。否则，我心里实在过意不去。

裕子写了封回信。

——没有什么值得您如此过意不去的。我只是做了点分内之事。请千万不要客气。有您的这份心意便已足够。如果您坚持要请客道谢，那么就谢谢村濑小姐吧。

即便从今日子的角度来说，有上司同席，也只会觉得扫兴吧。如果仅仅是为了致谢，那么新井单独约今日子出去也可以。裕子这阵子，渐渐厌烦了和男人吃饭的时候，有年轻女人掺和在一起。每逢这种场合，四十多岁的女人只有两条路：要么扮成熟懂事、善解人意的大姐姐，要么扮大大咧咧、粗率爽朗的老阿姨。不管哪一种，要务都是以年轻女人为主角，识趣地充当好绿叶。裕子可没有这个兴趣。

谁知，新井的回信却出乎意料。

——日下女士若是不能赏光，那就毫无意义了。我想谢的人是您。如果方便的话，在没有村濑小姐同席的情况下，一起吃顿便饭如何？如您所知，我只是个人畜无害的大叔，与我单独接触，您无须任何担心。请务必赏脸，一起去尝点好吃的吧。

纵使对方说得如此恳切，裕子心中仍不为所动。新井本人或许只是开开玩笑，但和一位"人畜无害的大叔"约饭？裕子嘀咕："我还没闲到这个份儿上。"

新井据说是位前橄榄球手，给人的印象清爽利落。略为粗硬的短发，并未勉强分出整齐的发缝，而是毫不造作地梳理服帖，看起来颇为减龄。他给人的印象明明不错，却非要开这种跌价的玩笑，让之前积累的好感瞬间化为乌有。仿佛魔法解除，对方在裕子眼中彻底沦为一名平庸无趣的中年大叔。

此外，如今的裕子，对单独和男人吃饭心存抵触。当然，这并非出于道德方面的自律。再怎么说也是工作中结识的客户，没有任何感情的一对男女，用不着非要单独约饭吧。若是没有那方面的兴趣或好感，男人不会随便约女人吃饭；同理，女人也不会答应男人的邀请。

哪怕是微乎其微，一起吃饭的男女之间，总会有一点暧昧存在。喝喝红酒，聊聊天，试探一下彼此的心思，或是努力压抑这份情愫，放在年轻的时候，或许乐趣满满。然而，如今对裕子来说，却只觉疲累。自从和伊藤有了那档子事，她已发自内心对这套游戏有了免疫。

裕子抬手又打了一封回信。

——多谢您如此费心。只是，近来我因家事劳碌不堪，晚间实在无法出门。您的好意，我真的心领了。多谢您的邀请。

原以为事情到此便剧终了。说不定新井会因此心生不快，但那也没什么法子。如今的裕子，对和男人一起吃吃喝喝感到不胜其烦。

不料一周后，一只信封寄到了裕子手上。她拆开一看，是某著名芭蕾舞团来日公演的入场券，是新井寄来的。另附一枚手写的短笺。

"前几日执拗的邀请，惹您不快了，非常抱歉。我只是希望通过某种形式表达心中的谢意。约饭若不方便，那该怎么办好呢？我绞尽脑汁地想了又想。本打算送条丝巾，但我又对女性的喜好不甚了解。芭蕾舞的话，想必您会有兴趣，特此奉上入场券两张。我听公司懂芭蕾的同事说，本次公演的舞团十分有名。请您携先生一同欣赏吧。"

入场券的座位，属于白金贵宾席。裕子有点过意不去。以往她也给不少熟人打过折扣，自己根本没当一回事。入场券的价格过于昂贵，感觉像是利用职务之便收取回扣，她很难接受。然而，这两张舞剧赠券，却给她带来了某种难以言喻的温情感受。

裕子并不讨厌芭蕾舞。不，说喜欢才更确切。女儿七实出生前，某个朋友是芭蕾粉，常定期约她去看公演。最后一次欣赏芭蕾舞剧，还是前年圣诞节，和七实一起观看《胡桃夹子》。当时也是拿到了别人的赠券。芭蕾舞这东西，离日常生活过于遥远，不刻意找机会观赏，往往好多年都疏于接触。而再一次投入芭蕾舞的世界，享受其间的乐趣，也需要一定的心理准备。

因此，新井寄来的两张入场券，令裕子心中雀跃不已。如果是丝巾、手袋之类的礼品，她或许早就原物奉还了。但芭蕾舞表演，却正中她下怀。看了看日期，是周三晚六点半，早点下班的话，不出意外应该能赶上。

短笺上虽写了"请携先生同往"，但裕子不会乐意邀康彦同去。就算从前夫妻关系没这么别别扭扭，康彦也从未去看过芭蕾舞演出。学生时代痴迷摇滚乐的他，对古典音乐几乎不感兴趣。

裕子试着向几位女友发出邀请。结果却出乎意料地难约。在裕子成长的年代，对芭蕾舞感兴趣的人可谓寥寥无几。

"《天鹅湖》……啊，不错嘛。我喜欢。"

总算有某个朋友表示了兴趣，但一听说小天鹅的角色是由男性舞者扮演的，演出风格十分前卫，便流露出为难之意。

"不好意思。我对这种男版的现代改编，有点接受不来。《天鹅湖》就该是清澈、纯情又美丽的……"

裕子把心一横，给新井发了封邮件。

——承蒙美意，收到如此难得的入场券，可我问了周围一圈的朋友，谁也欣赏不来芭蕾舞剧。如果方便的话，新井先生愿意与我同去吗？

几乎是眨眼的工夫，回信就来了。

——难得您一片好意，只是，我对芭蕾舞也一窍不通。如果和我去看表演，您会被我的呼噜声烦死的。请还是约别人同去比较安全。不过，方便的话，公演结束后，一起吃个消夜如何？

正发愁时，之前说"不接受男版《天鹅湖》"的那位女友，又打来了电话，表示听说口碑不错，还是去看看好了。

"不过，演出结束我得马上回家哦。这几天，我婆婆身体不舒服。"

"哦？你跟公婆又没同住，那边不是有长媳在照看吗？"

"那是因为我老公这种妈宝男[1]，不管大事小情，只要我不到场，他就会黑脸闹意见。我跟大嫂目前轮班去医院伺候。所以演出后的消夜，就可免则免了哈。"

冥冥中似乎有谁在安排一切。

芭蕾舞剧演出结束后，裕子在涩谷站辞别了女友，径直穿过天桥，往东急蓝塔酒店方向走去。她和新井约好在此处的咖啡屋见面。

两人打算吃顿简单的夜宵，便把地点定在了这里。酒店的咖啡屋那种优雅冷清的氛围，正适合两人目前的关系。时间约在九点半，裕子迟到了好一会儿，走进店内，新井正靠在墙边独饮一杯啤酒。

"不好意思，我已经开喝了。"

"请便请便，是我来得太晚了。"

"芭蕾舞剧，观感如何？"

"男性舞者演绎的小天鹅群舞，充满了野性和激情，特别有趣。母后偷情的段落，叙事性太强，稍微有点乏味。这场芭蕾舞剧表演，凡是女性出场的部分，都莫名有些无聊。"

"哈哈哈，有趣就好。我们先干一杯吧！"

说完，新井便抬手为裕子倒啤酒。

"抱歉。我想点杯红酒，可以吗？"

"啊，怪我粗心。也是，女性看完芭蕾舞剧表演，想喝的不会是啤酒，而该是红酒吧。"

喝什么其实原本无所谓，但男人上来问也不问，抬手就给自己倒啤酒，裕子想给对方点下马威。

新井除了啤酒，其余一概皆不问津。索性又追加了一瓶啤酒，顺

1　妈宝男：网络流行词，指听妈妈的话，总以为妈妈是对的。

便点好了菜。由于时间已晚，他只点了三样冷盘，和裕子两人分食。

再怎么是生意上的客户，和一个不熟悉的男人面对面用餐，裕子也有点应酬不来。新井咕咚咕咚大口灌着啤酒，裕子也一连喝了三杯红酒。为了找点话茬儿，她提到了橄榄球。

"新井先生，据说您学生时代是橄榄球手？"

"是谁告诉您的啊？"

"村濑小姐。"

"她的话只说对一半，还有一半不尽然。这段经历我没怎么对人提过。大学三年级的时候，我做了个痔疮手术，后来屁股发不了力，就断了当球手的念想。取而代之，成了一名有口皆碑的球队经理。"

新井的表情一本正经，裕子忍俊不禁，扑哧一声笑了出来。她感到自己已酒意微醺。

"咦……？原来日下女士也会笑啊。"

"不好意思，我有那么不苟言笑吗？"

"有呢。"

新井用力点点头。

"不晓得为什么人板着面孔，会有点拒人千里的感觉。嗯，虽说我对脸上总挂着假笑的女人，也特别受不了。但是，像您这样冰冷带刺的女人嘛……"

"从没有谁这样说过我啊。"

裕子不由大声抗议。

"冰冷带刺什么的，怎么会嘛。"

"大概是我个人的错觉吧。就感觉戒备森严，仿佛全世界的男人都憋着来诱惑你，浑身竖满了刺，时刻准备迎敌。"

"怎么会……"

"嗯，像您这么美丽的女士，大概遇到的骚扰太多了吧。不过，世上也存在只想坐下来和您喝杯啤酒的男人哟。"

说完，新井咧嘴一笑，仿佛在炫耀两颗微微露出的门牙。

他向路过桌边的服务生又点了瓶啤酒。

"抱歉哈。啤酒这东西一喝起来，不灌饱就没法停手。真是大叔习性，对吧？"

"不必介意，啤酒就是这样的。"

裕子嘴上客套着，心里仍在琢磨新井方才那番话。

"仿佛全世界的男人都憋着来诱惑你，浑身竖满了刺，时刻准备迎敌。"

这话可以理解成对自己的尖锐指责。但细究本质，也不能否认，这大约是另一种角度的追求手法。男人真令人费解。原本只是工作上的应酬关系，不料对方却连连殷勤试探，相反，一旦你做好某种程度的心理准备，打算深入时，对方却又可能抽身而退，躲得远远的。但不管怎样，伊藤的事，确实令裕子耿耿于怀，生出强烈的戒备心。可话虽如此，她自认并未傲慢到新井口中形容的地步，自己只是对和男人一起吃吃喝喝感到厌倦而已。

沉默片刻之后，新井似乎察觉到了裕子的不悦。

"对不起。"新井忽而开口道，"酒喝多了，不小心说出这么自以为是的话。"

"不，没这回事。我的工作是接待顾客，态度却这么生硬无趣，这哪里行得通呢。"

"不不，日下女士虽说确实冷淡，但美女矜持一点反而更有魅力。只是，每次在店里遇见，感觉您始终板着面孔，所以刚刚才没忍住，说了些失礼的话。"

"哪里。也怪我，私下不太和客人见面，多少有点紧张。"

两人一起扑哧笑了出来，彼此都察觉到自己的言不由衷。

"说起来，和我这样的中年大叔一起喝酒，女性是会有些戒备的吧。不过，我喝的可是啤酒啊。那种一上来就开红酒的男女，我感觉很难信任。你不觉得吗？啤酒虽是大叔的标配，但它同时也属于伙伴。普通人的感情，大多是从啤酒开始，边喝边聊，一步步加深了解，慢慢建立起来的。而如今的男女，一上来就从红酒起步了呢。"

新井忽然发表起奇怪的论调。

"才见面就开红酒，秒速进入追求模式的男女，让人心里挺没底的。"

"失礼了。我从刚才起，一直都在点红酒。"

"所以啊，女人独自喝红酒，是种拒绝的信号。总之，我既不打算装腔作势，也没有图谋不轨，您尽可以放心。哦不，也不是不想图谋，只是不会真的下手。"

新井单方面打包票、为自己辩解的样子过于好笑。裕子情不自禁地偷笑起来。

"所以千万别对我那么戒备啊。从过去起，女人在我面前，要是一副小心提防的模样，我就会手忙脚乱。因为经验太少，不懂得该如何应对，真的很伤脑筋。"

"所以说啊，我没有提防你。"

"是吗……可您脸上写满了戒备。"

就这样你一言我一语，俩人的话题不知不觉地聊到了新井任职的制药公司。

"如今的社长是第三代传人，沉迷于听歌剧、品鉴红酒，有时我真担心公司会不会败在他手里。不过，他不惜重金从四面八方挖掘了大批专业学者，创办了一家研究所，开发出来的新药获得了不错的社会口碑，这阵子公司的股价有了戏剧性的飙升。《日经新闻》为此还做了大幅报道。不知您看到过没有？"

"这倒没有。我家没订《日经新闻》……"

近来，上班族家庭订阅《日经新闻》的用户正逐日减少。裕子的老公虽身为教师，家里也没有订购这份报纸。不过这种话，用不着特意说出来。

"那么，贵公司研发的新药是什么呢？"

"一句话概括，就是治疗老年痴呆的药物。"

"什么？！"

"在多家医院投入临床测试的结果，患有认知障碍的老人，症状都得到了相当程度的改善。媒体也纷纷前来采访报道。"

"那么，这种新药，对所谓早期痴呆的老人也有效果咯？"

"当然。见效最显著的，就是早期痴呆的病人。也就是说，忘性刚开始变严重的阶段。"

新井忽然换上一副药企员工的严肃面孔。

"实际上，家母也患有早期认知障碍。目前虽说还能清楚地认得我，日常生活也可以自理，但有时会忽然变得好像一个陌生人。说是痴呆症，实际我也没有亲眼所见，都是住在母亲隔壁的嫂子说的。"

"这种情况常有。"

新井重重点头。

"老人在自己女儿面前总会强打起精神，那种时候神智往往是清楚的。而在儿媳面前，症状却会急转直下。我在总务部任职，新药的情况无法详细为你解答。要不，我和研发者谈谈？这样一来，我才可以介绍令堂入住药物临床测试的定点医院。"

"您不必这样为我费心……"

"哪里。对家人的操心忧虑，往往最令人伤神。毕竟再怎么说，年届四十的我们，原本还是向父母撒娇、寻求依靠的年龄。忽然某天，父母却判若两人，仿佛被施了黑魔法，成了向我们寻求依靠的一方。世上再没有比这更痛心的事了。假如父母已经去世，那倒也只能死心。可眼前的他们，却成了一个陌生的垂暮之人。那感觉，就仿佛自己人生的基本盘，也吱吱嘎嘎、摇摇欲坠起来。啊，你怎么了……"

裕子急忙抓起手帕捂住了眼睛。

"是啊。想到一切确实如您所说，眼泪就忍不住掉了下来……"

"我从事制药行业，对这些情况再清楚不过。不会再有比深爱的人患病更折磨的事了。可惜，世间却不存在什么万能妙药。这一点，无论是对患者还是药企，都是个沉痛的事实。"

新井静静干掉了手中的啤酒。

最后，裕子也把红酒换成了啤酒，两人足足喝了十来瓶啤酒。甚至互相感慨着，早知如此，不如一开始直接约在啤酒馆。起初气氛尴尬的一次消夜，临散伙前，两人却交换了邮箱地址和手机号码。原来如此，新井说得没错，啤酒没准儿真有一种奇异的力量，能创造出亲密无拘、畅所欲言的氛围。喝到一半时，两人都起身去过洗手间，却没有任何难为情或放不开的感觉。

回到家中，裕子立即上网查看阿尔卑斯制药的官方主页。的确如新井所说，一种治疗认知障碍的新药，从去年秋天就开始发售了。继续浏览下去，得知目前临床病例仍较少，关于疗效，尚没有切实的结论。但她已下定决心，近期打算去新井的公司拜访一次。现在她的心情，是哪怕只有一棵稻草，也要死死抓住不放。母亲去养老院的事，已经基本敲定。看样子哥哥属意的是热海一家设有特别护理服务的老人之家。据说，目前母亲的认知障碍尚处于轻症阶段，可以享受和正常老人基本相同的入院价格。所以，哥哥忙不迭地张罗着早点把母亲送过去。

但是，假如新井公司的新药，果真显示具有疗效，那么母亲或许就能维持目前的状态，继续在自家生活。只要给她一点时间，她必然可以说服老公，把母亲接来同住。反正裕子不会把母亲交给哥嫂照管。自己已做好打算，迟早要担起照料母亲的职责，只不过时间提前一些而已。

目前，她很清楚，如果非要劝说康彦接受母亲来同住，定然会在家中掀起轩然大波。不只要换一套宽敞的公寓，自己的工作能否继续下去，也是个难题。家庭必然发生巨大的变动，康彦能否扛得住这个冲击呢？

老公绝非什么老实巴交的男人，万一起了争执，他一定会发起攻击。可以预见，届时家中将卷起一场狂风暴雨。裕子想，自己还承受不了风暴的洗礼。那需要超出平时夫妻吵架几十倍的体力与控制力。此刻，她还没做好心理准备，去面对这场拷问夫妻关系本质的任务。她并非想躲避激烈的冲突。尽管她也考虑过，早晚有一天要掀起风暴，给自己的生活来个翻天覆地的改变。但身与心，目前尚没有调整到一种健康的状态。和伊藤的那段经历，她可以认为没给自己造成任何情感上的亏空，也可以当它完全不曾存在，根本不值得放在心上。但事实是，作为女人的自信与骄傲，却折损惨重。要求这样的自己，再去做好离婚的思想准备，与老公正面交锋，是无论如何不可能的。

而且，就在她一步步调整心态、找回自信的过程中，母亲的病情却逐日恶化，送入养老院的计划，也日渐具体和清晰起来。

"也许一切只怪我太卑怯。"

想到这点，裕子便坐立难安。不得不来一场风暴洗礼的，绝不只限自己家。对于哥嫂，她也要好好算一笔账。而这个日子，眼看已迫在眉睫。啊……裕子长叹一声。自己的人生中，还是头一回遇到这么多不得不逐一克服的重大难题。和这些比起来，高考、结婚之类的，根本算不了什么。因为对于那些，自己所付出的每一分努力，都有幸福的承诺。

自己今后的日子，果真再没有任何快乐了吗？不，怎么会呢。这样自问自答的时候，伊藤那张脸，却油然浮现在眼前，并凑近前来，呢喃起甜腻的情话。中年以后的快乐，结束得何其仓促；而悔恨，又何其苦涩绵长。以为从男人手中获得了真爱的自己，更是何其愚蠢。

而那通电话是在裕子看完芭蕾舞剧公演三日之后的周末晚间打来的。

"喂？请问是日下老师府上吗？"

电话里面是一个女声，直呼"日下老师"，想必是老公学生的家长。以前家里也接到过几次这样的电话。而今天这个女人，却压低了声音，语气急迫，似乎有什么要紧事。

学生的母亲直接打电话到老师家里，通常来说，都是孩子在学校捅出了什么娄子，所以情况紧急，本身十分正常。但电话里的女人却道："我是间宫贵史的妈妈，以前曾经承蒙日下老师关照，请问老师在家吗？"

"曾经"，鲜少会有人使用这种过去式的表达。也就是说，这女人是一位毕业生的家长。

"我先生今天要主持社团活动，说是会晚点回来。"

星誓学院至今仍保留着一个"铁道俱乐部"，在各个学校中，可谓绝无仅有。该俱乐部是建校以来存续多年的传统社团。据说成绩优异的尖子生，大多都是铁道迷。社团成员相当多，康彦在里面充当顾问。

"不好意思，我有急事想联络他。麻烦您告诉我一下老师的手机号，可以吗？"

如果是高中部的毕业生，那么这位母亲估计也有四十来岁了吧。谈吐优雅而有教养，估计是个家境优裕的主妇，但句尾的语调中，却流露出一丝不甚客气的意味。

"这个，我不太方便擅作主张，把先生的手机号码告诉您。我让他等一下打给您，可以吗？"

"这样啊。确实。那么，就麻烦您转告日下老师，请他打给我吧。"

"我先生知道您的号码吧？"

"应该，知道。"

女人充满自信地回答。

裕子觉得有些蹊跷。但也许为了便于紧急联络，教师掌握了所有家长的手机号码呢？这位姓间宫的女人挂断电话后，裕子马上便给康彦拨了电话。

"喂，刚才有位姓间宫的女士打电话找你。说是间宫贵史的妈妈。"

闻言，老公沉默了半晌，显得意味深长。

"然后呢，她说什么？"

老公一开口，声音略带嘶哑。

"她请你赶快打个电话给她。说你知道她的手机号码。"

"明白了……"

老公低声回答。裕子瞬间呼吸急促起来。所谓"妻子的直觉"，是句说烂的老话，但似乎当真存在。不知具体是哪两个字，但这位自称姓"间宫"的女人和老公的关系，看样子不只是教师与学生家长这么简单。老公醉酒时曾夸口过，"别看我老老实实的，年轻的时候经历丰富得很呢"。莫非她就是老公的出轨对象？

之后，还不到一周的时间，裕子就从上次帮忙照看七实的牙医太太口中得知了一件大事。这位牙医太太，日常习惯浏览星誓学院的校内论坛。其中有篇帖子这样写道：

"以星誓学院为目标奋发学习的各位考生，以及即将毕业的应届生们，大家可曾知道，最近星誓发生了一件不甚光彩的事？身为一名在星誓就读多年的学生，我认为此事绝不可姑息。所以希望借本论坛，向大家揭露此事。

"今年，星誓学院即将迎来建校八十周年庆，想必诸位都知道，校方正在策划各种庆典活动，计划出版一本文集，或曰随笔集，题名《星誓，光荣的历史》。不少杰出校友以及考入东大的学长，都踊跃为本文集赐稿。其中，目前就读东大文科一系的二年级学生间宫贵史君，也曾投稿一篇，却在审稿阶段因内容过于敏感而遭到了拒稿。

"我通过个人的特殊渠道，拿到了这篇被毙掉的稿子。稿子里面记录了一桩可称为'星誓之耻'的事实。我与间宫君从未见过面。但想到他因此事造成的心理伤害，不免深感同情。在此，仅公布该篇文章的一些段落。大家读后有什么感想，欢迎在帖子下畅所欲言。"

——说到在星誓的美好回忆，我个人并没有什么了不起的经历值得分享。除去轻井泽的露营以及修学旅行，大约只剩下每日的专心苦读了吧。用某老师的话说：总之，只要能排名年级前三十以内，就保证可以考上东大。我多希望能从这句话里感受到一丝鼓励，可惜它给我的，却是三年持续被威逼的黯淡时光。

我并非从星誓内部直升高中的学生，而是从之前中学的毕业班考进来的。实际上，为了考进初高中连读的星誓学院，每个编入生[1]都要经历繁重且高强度的学习，弄得人身心俱疲。而一旦升入星誓，那种短暂的满足感也会瞬间燃烧殆尽。而我，便是其中一员。刚一进入星誓高中部，转眼间成绩便一落千丈，让班主任老师为我操尽了心。好在，不愧是星誓的老师，他诚恳又亲切，对落后的我始终关爱有加。而我的母亲，简直不知如何感激这位老师才好。时常与之见面，沟通我的学业问题。当时，我还是个不谙世事的孩子，不懂得体会母亲的心情，如今想来，我猜母亲对这位老师一定十分倾心吧。

　　班主任与学生的母亲。

　　似乎是世间常见的剧情。可一想到自己的母亲，正是这出狗血剧的女主角，我便失去了冷静。那段日子，我的成绩再次一跌到底。虽也无可厚非，但一想到自己的人生怎能毁在这样的荒唐事里，我便重新振作，开始发愤学习。过后，母亲虽说一口否定，"没那回事，我只是找这位老师沟通你的学业问题"。但真相如何，谁也不得而知。话说回来，怀疑母亲与班主任有私情，因而奋发图强，最终才考上东大，世间能如此夸口的，想必只有我一人吧。直到如今，我对这位班主任依然心怀感恩。能坦然说出感谢的话，大概也证明我终于长大成熟了吧……

　　裕子关掉了网页。

　　不太清楚这位名叫间宫贵史的年轻人，真正的意图是什么。文章虽然是轻描淡写的回忆口吻，字里行间却潜藏着可怕的恶意，被纪念文集拒绝用稿也是理所当然。在动笔之前，无疑他也充分预见到了被

　　1　编入生：编入生是日文特有的叫法，类似于中国的插班生。

拒稿的可能。裕子怀疑，校内论坛的那篇帖子，说不定也是他的手笔。目的何在呢？为了向母亲和班主任老师复仇。星誓学院每一位读过帖子和文章的相关人士，恐怕都能立刻猜出该教师便是康彦。前几天，间宫的母亲急急忙忙打来电话，也是为了这件事。

老公会为此辞去教职吗？狡猾的年轻人，一句"真相不得而知"，便成功逃之夭夭。而康彦，会在众人的好奇目光中，继续他的教师生涯吗？

怎么会这样呢？

裕子嘀咕出了声。用心经营之下，原本平稳安宁的家庭生活，却从那天开始，一切都脱离了常轨，开始走向疯狂。老公酒后的那句话……

"别看我老老实实的，年轻的时候经历丰富得很呢。"

是在形容与学生母亲的这段旧情吗？

裕子坐在家中的餐桌前，用电脑打出一封问候信。前些天，有位顾客的新居落成，来店购置了一大批家具。

"您对本店的家具可还满意？关于沙发罩的更换，本店可随时上门服务，请不必客气，有需要时尽管联系。"

措辞口吻略显随意，因为对方是裕子大学时代低两个年级的学妹。两人并不直接相识，对方便托朋友提出："可以多给行点方便吗？"

实际一见面，才发现原来是熟脸，以前曾在校园打过照面。两人聊得投机，念在缘分难得，裕子不仅给家具打了折，还想方设法从意大利为她调货，配置了专用的沙发罩。为表感谢，学妹收到家具后，特意送来了一只珍奇进口水果的礼篮。

"我先生手里有这类水果的进口经营权。"据说公司在日本桥，从祖父母一辈继承而来。

裕子想起学妹建在世田谷区深泽的新居，采光通透，几面玻璃幕墙的三层建筑，据说由年轻有名的建筑师操刀设计。学妹的老公比她年长许多，大约是再婚吧。看得出来男方待学妹很温柔，一向娇宠有加。

　　"家里的软装，我就全部交给老婆去操心了。起初还捏了把汗，谁知出来的效果，品位还算不俗，我这才松了口气。"

　　一番话轻松逗笑了大家。学妹有两个上小学的女儿，都在私立名校就读。

　　而学妹身为人母，年轻、美丽，身上的香奈儿针织衫更衬托出气质的不俗。她笑容明媚，仿佛幸福的人生中，不曾有一丝云翳。

　　裕子脑海里不由浮现出"试炼"二字。学妹与自己成长的境遇大致相同，也毕业于同一所大学。然而，试炼却只降临在自己的头上。当然，裕子非常清楚：没有谁可以百分百幸福地度过一生，世间也不存在幸福的日子可永远持续的保证。

　　但就眼前所见，试炼似乎从未造访过学妹的人生。反观自己，试炼却一而再再而三地接踵而至。母亲的病、丈夫的出轨嫌疑，以及不伦事件遭到曝光……老天似乎没完没了，接二连三地投下考验，来轰炸自己。

　　忘记是《圣经》中的说法，还是歌剧台词，裕子想起一句话：

　　"神会给予我们试炼，却绝不会抛下他的子民。"

　　自己既非教徒，也没正经参加过圣诞节的弥撒活动，为何会毫无预兆地想起这句话来？并且，每个字都深深钻进心里。如今，自己似乎正被某种不可知的巨大力量所试炼。

　　送走了幸福的少女时代，拥有了幸福的婚姻，工作与育儿也一帆风顺的自己，刚步入所谓的中年期，便劈头盖脸遭遇了一连串变故。

这便是俗话所说的，"为使内心更强大，每个人都必经的试炼"吗？而且，是否真像许多鸡汤文中鼓吹的那样，只有一步步通关，经历过每道考验，人方能蜕变得更强大？可世上明明存在学妹这样、手中满满幸福在握的女人。裕子哀叹，人生这东西何其不公。而这样的感慨，也是她生平头一次体会，不禁悲从中来。以往哪怕遇到再阔绰的客人，自己不也从未羡慕过吗？

这时，门铃响了。裕子反射性地瞥了一眼时钟，晚上九点半。如果是快递的话，未免太晚了。肯定不会是上门推销的吧？她犯着嘀咕，按下了门禁的通话键。

"你好，请问是日下老师府上吗？"

对面是一个毫无印象的陌生男声。

"是的。您是哪位？"

"我是《周刊传媒》的记者。日下老师在家吗？"

裕子瞬间脊背生寒。所谓毛骨悚然，指的便是这种感觉吗？极度惊恐之下，她一时说不出话来。周刊狗仔追到家里来，此刻就站在公寓大堂门口。她一直以为，会有这种可怕体验的，都是名流人士或犯罪分子。而现实是，周刊记者却找上了门来。理由她很清楚，因为老公的学生写的那篇爆料文。他声称自己的母亲和班主任过去曾有暧昧。校方顾虑到影响，毙掉了这篇稿子。孰料，被某匿名人士晒到了网络论坛。

以名校星誓学院为舞台背景而写下该文的人，是目前就读于东京大学的高才生。裕子想起自己其实也有片刻担心过，万一被哪家媒体看到，该如何是好。可哪怕早有预感，眼前的状况，她依然接受不了。站在门边，裕子感到双腿正簌簌发抖。

"我先生现在还没回家。"

"那请问他几点回来？"

"他说今晚要见个朋友，会到家很晚。"

"实际上，这会儿日下就在家对吧？"

该男子的口吻，仿佛电视里那种痞里痞气的周刊狗仔，听得裕子心里发毛。

"哪儿啊，没那回事。他真不在家。再说您这么晚上门，对我们也是一种困扰。"

裕子担心七实听到这里的动静。刚才她说要做作业，躲在房里就没出来过。万一老公的丑闻毁掉了女儿的前途，她绝不会原谅。想到这里，颤抖的双腿停了下来。

"是吗。那请允许我在楼下恭候。"

"请不要这样。会给其他住户造成困扰……"

话说到一半，对方便挂断了。裕子慌忙地拨打康彦的手机。为了防止女儿听到，她故意调大了电视的音量。

拨号音停止，刚听到对面传来老公"喂喂"的应答声时，裕子忽然恶向胆边生。方才自己尝到的恐惧与震惊，她想让老公也领教几分。不，应该说希望加倍奉还。毕竟这份糟糕的感受是拜老公所赐。

"喂，周刊的记者到家里来了。"

"呃？"

之后，是预料中的沉默。看来老公吃惊不小。

"人还在呢？"

"他说要等你回来。"

"这，怎么会……"

"喂。"裕子唤道。和老公的惊慌失措形成反比，自己的心情倒是平静了许多。

"周刊记者为什么会找上门来？"

"……"

"是来采访那篇爆料文章的事吗？"

"说什么呢！"

"喂，回答我啊。你一直和学生的妈妈有一腿吧？"

"怎么可能！为何连你也这么说。那全是他的被害妄想，是他自己编造出来的。"

"既然如此，挺胸抬头、大大方方面对狗仔不就行了。"

"你傻啊！就算没做亏心事，周刊那帮人也会随便乱写。总之，今晚我先不回家了，找个商务酒店住一夜算了。"

"衣服怎么换？"

"去便利店买就行。"

康彦愤愤不平地挂断了电话。电视里，年轻女星正操着疯疯癫癫的语调，大声告白她昔日的恋情。裕子眼睛望着电视，心里却在反刍老公方才的话。他一口否认了与学生母亲的不伦恋情，断定一切都是做儿子的胡思乱想。这话当真可信吗？然而，裕子非信不可。她大声告诫自己。不是因为夫妇间的信赖，而是如果老公真在撒谎，自己未免太可悲可怜。不知究竟该立于何处脚下才真正安全。裕子暂时还不想去掀动自己人生的基本盘，比如，走到离婚这一步。即使每天被各种狗屁倒灶的破事折磨，那也是发生在一块结实牢固的岩盘之上，尚且有托底。如果老公在撒谎，岩盘便会轰隆巨响且有可能坍塌。裕子目前还不想去经历这种巨变。

手机响了。没准儿又是刚才那个记者。不会吧？他怎么可能知道这个号码？总之，今晚似乎是个多事之夜。

"喂，喂……"

是母亲典子。

"啊，妈，你还好吧？有什么事吗？"

裕子故作一副轻松的口吻，希望一举恢复日常的氛围。然而典子没有立刻回答。

"喂？喂……妈，你怎么啦？"

可以听到母亲身后充斥着嘈杂声。裕子不由心里发怵。

"我……今天，来涩谷买东西，怎么也找不到回家的路了。该怎么回家去啊，我一点也不记得了！"

裕子登时语塞。自上次在母亲家看到那坨排泄物以来，她还是头一回直面母亲病情发作的时刻。

"妈……"

好容易才发出声来。

"现在，你在哪儿？"

"这，我也不知道……"

"不是涩谷吗？"

"不，不是涩谷。但是是个特别热闹的地方。"

"周围能看见什么文字标识吗？有没有什么醒目的参照物？"

"不知道。我真的不知道。不远处有个大的十字路口。"

"妈，你好好听我说。你现在打的是手机，对吧？"

"嗯，我只记得按了 01，你就接起了电话。"

"很好。那你看看，四周有没有行人？"

"嗯，有好多。"

"你试试从行人里面，挑个看起来最亲切的女性，中年女性最好。然后，你就拜托人家：我迷路了，请你帮我听听电话好不好？"

"那我试试。"

母亲的声音消失了，对面只持续传来汽车喇叭声、喧闹的人声。

裕子悬心地合掌默念着"神明保佑"。

"神会给予我们试炼，却绝不会抛下他的子民。"

也不知过了多久。

"喂，喂——"

对面传来一个慢吞吞的女声，既不属于年轻女孩，听起来也不像中年女人。

"怎么了？喂，喂——"

"不好意思，您身边有没有一位老太太？"

"有啊。是老太太拜托我听电话的。"

"她是我的母亲，脑子有点糊涂。说是搞不清自己人在哪里。请问您目前所在的地点是……？"

"在原宿啊，原宿的十字路口。"

看来母亲以为自己在涩谷，实际上走到原宿去了。

"拜托您，把我母亲领到附近的警亭去，可以吗？我马上去接她。"

"抱歉啊，我现在正赶时间。从这儿走到表参道的警亭，要好大一会儿呢。"

"明白了。那求求您把她送到 Laforet 购物中心，好吗？拜托了！万一母亲出了什么事故，那就麻烦了。"

"明白了，好的。"

母亲的直觉似乎是正确的，找到了人流中最亲切的那位。

"你做女儿的，也真辛苦啊。"

对面的女人最后说了一句，手机又交回了母亲手里。裕子尽量用最最缓慢、温柔的声音叮嘱道："妈，你听我说。现在这位好心人，要带你去一座巨大的建筑前面。你站在那里不要动。等我到之前，千万不可以到处乱走，好吗？听懂了没有？"

脸上的妆早就卸了，身上穿着条牛仔裤，裕子抓起手袋，三言两语向七实交代了缘由，走出玄关，啪嗒一声关上了房门。公寓楼门外，停了一辆陌生的商务车。说不定是周刊狗仔的采访车。随它去吧。裕子已顾不上在乎这些了。

她向宽阔的主路跑去。以往这一带总会有空车经过，偏偏今天，即便偶尔有几辆出租车驶过，也都打着载客灯。焦灼令胃里紧张地翻搅，甚至让她有种想吐的感觉。这时，包里的手机响起了消息提示音。不祥的预感折磨着她，可不看一眼她也心神不宁。原来是新井。

——上次见面非常开心。此刻，我在青山这边和一位研究所的同事喝酒。关于新药的事，他愿意随时为你提供咨询。你哪天方便，请告诉我。

"青山"这个地名蜇了一下裕子的眼睛。她拨通了前些天刚拿到的手机号码。

"喂喂，我是日下。你此刻在青山的哪里喝酒？"

也顾不上寒暄两句，裕子开门见山地问。

"在表参道和青山大道的交叉路口……"

这时，正好一辆空车驶近前来。裕子一面招手，一面冲电话里激动地大吼："前些天我跟你提过家母患有痴呆症，刚才她忽然打电话来，说在外面迷了路，不知道怎么回家。我已经拜托路人把她送到Laforet 百货前面了。辛苦你，往 Laforet 百货门前跑一趟。我现在打车立马赶过去。麻烦你看着她，等我过去。"

"明白了。"

手机里传来男人温暖有力的声音。

"我马上去，守着老人家。"

途中在两处路面施工点耽搁了一下，三十分钟后，出租车赶到了原宿的十字路口。这一带夜间打烊较早，仿佛被谁施了魔法，四处已鲜见行人的身影。日间潮男靓女熙来攘往的 Laforet 百货门前，此刻只有三三两两酒后归家的人零星走过。

时装橱窗前，立着一个中年男士和一个老太太。新井弓着身，似乎正跟老人聊着什么，眼里充满了愉快的笑意。

"啊，裕子。"

典子看见女儿，气定神闲地唤道。

"这位是新井先生。说在你过来之前，想陪我说说话。"

"是嘛，那好啊。"

嘴上应着，裕子却不敢去瞧母亲，而是转身面向新井，低头道谢。

"多谢您，真的帮了我大忙。"

"小事一桩。从喝酒的那家店打车过来，只有一公里。老太太当时正在欣赏橱窗呢。"

新井一身棕色西服。略显土气的颜色，似乎也表明了他的诚恳与亲切。

"请您回去跟朋友接着喝酒吧。回头约个时间，让我好好谢您。"

"我跟他已经道过再见了。"

新井慢慢搂住典子的肩头，从动作来看，他十分懂得如何安抚老人。

"你要送母亲回家吧？我陪你一起。"

"唉？这怎么好意思呢。"

"这种时候，最好有个人陪你。好啦，走吧。"

他向驶来的出租车扬了扬手。上车后，典子在正中，裕子靠窗边，新井坐门边。

途中，典子忽然惊叫起来。

"怎么回事？我为什么在这儿？我是打算回家的啊。可是刚才无论如何摸不清路。这会儿怎么就在出租车里了？"

"所以啊，我才来接你了不是？"

原不想恶声恶气，可裕子情不自禁地拔高了嗓门儿。

"妈，你是怎么了？从涩谷搭电车，明明一趟就能坐到家啊。"

"日下，不可以这样跟老人家讲话。"

新井握住了典子的手。母亲的手白皙纤巧。眼前这光景，竟有一种奇异的柔媚之感。

回到家，打开门，母亲仿佛什么事都没有发生，径直走进里屋去了。裕子一回身，意识到新井立在背后。人在屋内再一打量，才知他体格有多高大。

"我原打算万一路上有什么事，可以给你帮把手。看来一切都挺顺利啊。那行，我就告辞了。"

"今天，真不知怎么感谢才好……"

"快别这么客气。能助你一臂之力，我很高兴。"

荧光灯下，新井的棕色西服，色调看起来更添了几分温柔。这位退役的橄榄球手，胸膛宽阔厚实，西服的前襟区域，犹如一片丰饶的原野，柔软的芒草，在风中沙沙作响。

"真的太感谢了……"

裕子感到身体在随风飘摇。她飞身投进那片原野，将脸埋入棕色的芒草，恸哭起来，任眼泪滂沱而下。

新井抬起手，轻抚她的头发。那份温柔安定的感觉，更使裕子眼泪汹涌。

"神会给予我们试炼，却绝不会抛下他的子民。"

薄寒

周刊杂志的报道，比裕子想象中的要不起眼。

作为"多事之秋"特辑当中的一篇，大约占据了半页的篇幅。话虽如此，标题之夸张、耸人听闻，简直令人无法直视。

一排大字："班主任与学生母亲的地下情？！风雨飘摇的名校星誓学院。"

内文则写道："提到星誓学院，乃是以东大升学率称霸天下的名门贵校。但如今，校园内却掀起了一场轩然大波。起因在于，目前就读于东大文科一系的某位毕业生，写了一篇爆料文。为庆祝星誓学院建校八十周年，校方拟制作一部纪念文集，于是向该生发出了约稿，希望他谈谈关于学院的美好回忆。谁知读到稿件后，校方却大为震惊。该生在文章中称，自己的母亲当年或曾与班主任有过不伦关系。惊愕之下，校方当即毙掉了该篇稿件。但不知为何，文章随后竟被晒到了网上，在校内引起一片哗然。"

文章最末还补缀了一段裕子最为担心的文字。

"记者随即向星誓学院提出了采访要求，但校方表示，此事为空穴来风，完全没有任何真实可信的依据，因此无可奉告。"

老公肯定也读了这篇报道。恐怕他做梦也未曾想到，自己竟会登上八卦周刊吧。事实上，康彦只是区区一名高中教师。对他来说，最不幸的是，任教的学校太过有名。

"就算是八卦周刊，也没道理这样信口雌黄。"

这件丑闻，是老公引爆的。读完杂志后，裕子正发愁何时开口算这笔账，谁知老公却先挑起了话头。

"在我班上念书那会儿，这小子性格就极其古怪。没想到他会编造这种谣言。估计当时我待他太过严格，是为了向我泄私愤吧。话说回来，就算想造谣，这文章写得也太烂了。愿意把这种无聊的东西拿去刊登的周刊，也够没底线了。"

"那你告他不就得了？"

裕子目不转睛地盯着老公。含有强烈怨责意味的视线，搭配"告他"这两个字，可谓相得益彰。

"我才不会这么干呢。不值得为这点破事耽误精力。那帮狗仔对自己的报道也没有自信，所以连我的真名都没敢提起。学校方面也关照我，千万别为这种事着急上火，或是站出来反驳。对二流周刊的言论，不去搭理它就好。"

"人家可不是二流周刊。《周刊传媒》是正规出版社发行的正规刊物。"

"报道这种无中生有的东西，不是二流周刊是什么？"

康彦白了一眼裕子，仿佛妻子便是周刊的主编。于是裕子也没忍住，气冲冲地抢白道："所以啊，你倒是来点真格的，去告《周刊传媒》

啊。这关系到你的个人声誉，好好跟他们斗一下如何？"

"这，我可不想跟学生的妄想纠缠不休。"

"妄想……你刚才是这么说的吧？"

裕子狠狠瞪住老公，全心全意地发出质疑。

"也就是说，文章里写的，全都是谎言？"

"那当然。"

老公双眼红红的，泛着血丝，像是刚熬过一个通宵。身心的疲惫皆反映在双目之中。有这样一双眼睛的人，会撒谎吗？不，谁知道呢。是人都会撒谎。倒不如说，面对妻子的质疑，又何必非说真话不可。自己应当在这个问题上据理力争、刨根问底呢，还是装出一切了然的模样，含混地点头放过呢？

裕子选择了后者。她意识到，自己并没有迫切的兴趣去探究丈夫出轨的事实。

"那我只有相信你咯。"裕子道，"既然你这么坚持自己的清白，我也只好选择相信你。"

话虽如此，周刊的威力着实不小。裕子不得不一再面对他人充满揶揄的安慰。

"日下，那篇报道我看啦。"

"哦……"

"不过，你也用不着在意啦。周刊写的那些玩意儿，没有谁会相信的。"

"丢死人了……"

"话说回来，没想到你先生还挺风流嘛。看起来一点不像会出轨的样子。"

裕子心里清楚。纵使夫妇间质问过、争吵过，老公也一口否认了，世人仍会把此事当作"既成事实"来看待。

而这种事，往往会直击一个家庭最脆弱的部分。某天，七实带着哭兮兮的表情问："妈妈，爸爸干了坏事，被周刊杂志曝出来了。"

"谁这么告诉你的啊？"

"同班同学。平时我俩没怎么讲过话，今天她忽然跑到我座位来说，你爸爸挺有名的嘛，都登上周刊杂志了。"

"太荒唐了！"

裕子叫道，一把握住女儿的手。

"听我说，世人最喜欢对别人的麻烦或痛苦幸灾乐祸了。这种人简直多如牛毛。你千万不能落进他们的圈套，懂吗？这个世界上，不幸的陷阱太多，我们绝不能白白地自投罗网，要转身逃跑，用百米冲刺的速度拼命逃。"

也不知七实究竟听懂了多少，反正她只重重点了点头。裕子对那对素未谋面的母子，以及每日碰面的老公，涌起一股难以遏止的愤怒。而这份怒意，悉数汇集到了每日打照面的老公身上。裕子恨他害得宝贝女儿遭受这样的痛苦。

"简直丢人到家了。"

在追究老公和那个女人的出轨情节之前，首先，招致这种丑闻的老公，犯下了不可饶恕的过错。既然干着为人师表的工作，就该谨慎低调，绝不做欺人眼目的事。康彦怎么连这点道理都不懂？

连轻易不联络的哥哥，都打来了电话。

"前几天周刊杂志报道的那个宣誓的教师，年龄跟康彦君挺接近的，该不会是他吧？"

"看样子是他呢。"

"你……这样说……"

哥哥一时语塞。

"他是不是必须引咎辞职啊？"

"太夸张了吧。那篇爆料文，我也读了，感觉就是半开玩笑的恶作剧。年轻人喜欢玩这一套，纯属为了恶搞，手贱而已。"

许是为了挽回颜面吧，面对哥哥的疑问，裕子装出一副满不在乎的口吻。

"校方貌似也认为这只是一场意外事故，用不着担心。"

"你啊，康彦君身为教师，一旦成了周刊的爆料对象，不就完蛋了吗？"

哥哥说出了裕子最不爱听的一句话。完蛋了。完蛋了。什么意思嘛？是说老公的人生彻底报废了吗？单凭一篇周刊报道就全盘尽毁，老公的人生有这么脆弱吗？裕子反倒生出一种想去袒护老公的心情。

"另外，咱妈的养老院，我已经定好了。"

"呃……"

"在小平市。前前后后也看了很多家，那里设施最新、最漂亮。入院金首付两千万日元。来回也看了不少家，比较之下，感觉他家价格最合理。"

"等等，我怎么从没听你提起过？"

"这家养老院，老妈也很满意。说要是这一家的话，她乐意去住。"

"那肯定是老妈故意在逞强啊！"

"你忘了前几天老妈流落到原宿，连家都回不去，还给你打了电话吗。那件事对她打击好像挺大的。说是从那以后下定了决心。你劝她也没用。老妈已经横了一条心。事到如今，你再跳出来指手画脚，本来可以好好收场的事，也收不了场了。懂吗？算啦，这回的养老院，是在老妈同意的基础上决定的。"

挂断电话后好一会儿，裕子还在愣愣地出神。老妈回不了家那件事刚刚发生，周刊杂志随即便爆出了康彦的丑闻，为此她一直找不出空闲回娘家探望。趁着这段时间，哥嫂已经做出决定，要把母亲送去收费的老年之家。

"我得救救老妈。"

可是，自己究竟能做什么呢？说服老公，接受与母亲同住？如今三室两厅的公寓，至少要换套四室的才行。脑子里不断冒出各种各样的点子，但都不太可能实现。

有老公的女人，脖子如同套上了枷锁。连回趟娘家，都得看老公的脸色。父母尚年轻那会儿，一切都好。而今步入中年，夫妇两人却都暴露出了自私的一面。经过多年的婚姻岁月，裕子方才明白这个道理：对方的父母，是死是活都无所谓，大家都只爱惜并珍重自己的父母。为了自己的父母，裕子不惜一切。但老公的存在，却妨碍了她这份孝心。因为组建了自己的家庭，就不得不牺牲那个生养自己的最爱的人。人生啊，何其悲哀且矛盾。

此外，更有一个感触在裕子心中慢慢苏醒。当痴呆的母亲流落到原宿街头无法归家时，曾有个人，不仅及时赶到母亲身边，还陪自己一同送母亲回家。到家后，放下心来的瞬间，裕子浑身仿佛被抽空了力气。而新井身穿西服的胸膛，看起来是那么温暖而柔软。未及多想，裕子便将脸埋在了新井胸前。什么也不必说，只是任由泪水汹涌而下。对方也默然不语，轻抚着自己的头发。

已经多少年，没有男人如此爱抚裕子的头发了。偶尔在做爱的时候，康彦会潦草地摸上几下，但和那晚新井的爱抚简直天差地别。

"好了，乖哦，不要哭鼻子了……"

"好了，乖哦，你真的很努力了。"

上上下下温柔摩挲着发丝的手指，仿佛在絮絮说着安慰的话。

裕子取出手机。消息列表里，应该还保存着四天前新井发来的短信。

——那之后，令堂的状况还好吗？如果有我能帮上忙的地方，请随时开口。

裕子之所以没有立即回复，是因为扑在刚结识不久的男人胸前痛哭流涕，这事未免太难为情了。无论是哭泣的当时，还是过后，新井的态度都极尽温柔。当裕子终于扬起脸来时，新井深深凝视她的双眼，柔声道："还可以再哭一会儿哦。"

裕子从未见过男人有如此温柔的眼神。眼周分布着小小细纹，眼角略微耷垂，看起来愈觉温柔。不只眼睛温柔，手指亦然。就连轻抚发丝的速度，接纳了自己的西服纤维，领带丝质的触感，都尽是温柔。若不能再度体会那样的滋味，裕子甚至觉得自己真的活不下去了。

取出手机，她缓缓打出一条消息。

——请您做我的后盾，好吗？

按下"发送"键，裕子心里没有丝毫后悔。

令她不安的是，直到深夜，都没有收到新井的回复。

一个交往不深的女人，忽然发来自作多情的短信，想必令他相当困扰吧。再加上前几天，自己曾冷不丁扑进他的怀中，恐怕他会觉得，这个女人脑子有点问题吧？

正打算去睡时，裕子听到短信提示音响了。连忙抓过手机，输入不知何时开始习惯使用的开机密码，点击了"收件"按钮。

——任何时候，我都愿意成为你的后盾。在你提出来之前，我早已有此打算。

谢谢，裕子口中喃喃。在自己如此彷徨无助的时刻，却收到了这般坚定温暖的许诺。单是这一点，便让人感激不尽。

而次日，新井又发来一段更长、更具体的回复。

——要不要抽空见一面？我非常担心令堂的状况。但更加担心的其实是你。人在疲惫不堪或心灵脆弱的时候，往往会钻牛角尖，反而招来更多的不幸。请务必抽出哪怕一点点时间，和我见个面。你忠实的后盾。

两人来回发了几通消息，最终敲定在某酒店内的日料屋见面。位于高轮的这家酒店，在新井的公司附近，从昔日起便颇负盛名，但近年来却不再符合时尚潮流。伫立在官邸旧址上的气派建筑，气度从容，四下布满葱茏的绿植，令人望之而屏息。然而，也有不少客人偏爱这里宁谧的氛围。近午时分，这家日料老店里，上了年纪的食客逐渐填满了空座。

在此等候新井的裕子，却心神不宁。自己是不是有什么可笑的误解？这种念头忽然攫住了她。

常言说，恋爱是年轻女孩的特权。可这话放在中年女人身上，也同样适用。只要有个喜欢自己、愿意保护自己的男人靠近前来，单是这一点，就足够令女人雀跃不已。连对方是怎样的人，都来不及细细打量，便开始在脑子里编织各种浪漫情节，迷醉其中不可自拔。之前和伊藤，便是如此。在对方眼中，只是一段韵事而已，自己却真心当作恋情，差点赌上人生。不，是自己非要一厢情愿，将之视为恋情。描写中年女人恋爱故事的小说或影视剧，裕子一向认为蠢得要命，可自己的故事版本里，同样蹩脚得不遑多让。

之所以和新井约在白天见面，也是顾虑到这一点。

一男一女，即使彼此都通事理、懂分寸，约在晚间见面，酒精与夜色也会将两人的关系引至不可预知的方向。慵懒的心境、夜晚的氛围，会使女人给男人打出宽松的分数，急切地编织梦幻的情节。裕子想，这种戏码，恕我不感兴趣。

与伊藤的露水关系，给自己造成了多大伤害啊。年轻的时候，还能找闺蜜吐吐苦水，排遣心头的愁绪。而现在，身为中年人妻，只能将一切攒在心底，任这份忧郁，一口口啃噬着自己。

"不好意思，我来晚了。"

回过神来，发现新井已站在面前。今日他穿了一身藏蓝色西服，袖口与领口都浆得笔挺，整洁得好似求职中的大学生。裕子忽然想，这一身得体的装扮，大概都是他太太的功劳吧。

"让你久等了吧？"

"没那回事。酒店的庭园太漂亮了，随意走走看看，到这里时间刚刚好。"

"春日的樱花最为赏心悦目。好好宣传一下，来的客人估计更多。不过，酒店似乎压根没有这个打算。有传闻说，反正近期会改建翻新，所以生意方面才气定神闲、不慌不忙。"

两人先是拘束地寒暄了几句。依照新井的推荐，裕子点了份"午间豪华套餐"。五千五百日元的价格，令她略微吃惊。当然，她是打算和新井分开付账的。同时她也立刻意识到，这里是附近公司的职员用来接待客户的地方。

"我准备点瓶啤酒，你意下如何？"

"大中午就喝酒，没问题吗？"

"小酌一杯嘛，不会有事的。"

新井的口气满不在乎。随后，便向候在一旁的服务生招手要了啤酒。

"那天之后，令堂状态还好吗？"

裕子讲了讲母亲接下来也许将入住养老院的事。

"我公司有人对这方面比较了解。我让他好好帮你查查看。"

新井取出一只黑色手账，仔细在上面做了备忘。样子多么诚恳可靠啊，裕子心里感叹。同时她又告诫自己，现在可不是编故事的时候。

不多会儿工夫，啤酒被送上桌来。新井一口气灌了下去，仿佛在替自己鼓劲儿。

"我说……"

他开了口。

"你是不是瘦啦？"

"我吗？"

像这种时候女人都会做的那样，裕子立刻抬手捧住了脸颊。

"不是瘦了，大概是憔悴了吧。最近这阵子，母亲的事情啊，等等，乱七八糟的状况太多了。"

原本打算提一下老公被周刊爆料那档子事，想想还是算了。那样未免显得自己太惨了。

"令堂通过服药和定期看医生，没有任何好转的迹象吗？"

"用我哥的话说，那个阶段早就过去了，住养老院这事，是母亲本人同意的。可是想想，母亲实在太可怜了。"

"这倒也是啊。"

新井点点头。

"不过，你也不要太过伤心。一想到你不知会有多难过，我心里就不好受。上次也是。送完令堂后，我在回家的途中反复思考了许多，心想自己能不能再多帮到你一些，然后我意识到，至少有一点我能办到，那就是陪伴在你身边，为你鼓劲儿，让你开心。"

"您这样想，我很高兴……"

裕子只能如此回答。接下来对方要说什么，她心里完全没底。

"不过请放心。并不是我身为男人对你抱有什么非分之想。就算有，我也绝对会拼命克制。因为不这样的话，我就无法成为你的坚实后盾。"

"为什么？"裕子试探地问，"为什么你要对我这么好？"

"这还用说吗？你趴在我怀里哭得那么伤心，搞得我的白衬衫都皱巴巴的。面对你的眼泪，我已经无路可逃。我在心里发誓，什么都愿意为你做。"

年轻的时候，可不是这样。男人的誓言，会完好无损地直奔裕子的内心，她压根不会去琢磨，还有什么言外之意。誓言这东西，无限单纯且悦耳。

然而，今时不同往日。裕子会将对方吐出的每一句话，要么延伸开，要么做归纳，试图去探究其中真正的含义，仿佛在破解什么暗号。

男人为什么对自己说这种话？她不得而知。不，她明明知道，也要在入耳的瞬间，反复在心里咀嚼几个来回。因为有个声音在提醒自己，莫非只是"想多了"或"自作多情"？

"我会做你的后盾。"

眼前的男人许诺。

"面对你的眼泪，我已经无路可逃。我在心里发誓，什么都愿意为你做。"

他这样讲，到底图什么呢？在这句话之前，他不是刚刚声明过，"并不是我身为男人对你抱有什么非分之想"吗？

换句话说，他是打算向四十多岁的我，献上真挚的纯爱？太可笑了。裕子想，怎么会有这种可能。自己过去或许还算美貌，拥有光滑细嫩的肌肤和盈盈一握的腰身。虽说希望自己现在依然容颜未改，但假如真这么以为，那才是"想多了"。曾经就是过于相信自己依然葆有年轻与美貌，才会对老公以外的男人投怀送抱。若是没有一股盲目的自信，又怎会做出那种荒唐事呢？

那个男人，曾以令人惊讶的执拗，对裕子穷追不舍。用尽了甜言蜜语，说服她相信自己尚且年轻，夸赞她是如何魅力逼人。而如今，裕子想起来就羞耻得浑身肉麻。每当回忆起与伊藤相处的情景，她便眼前发黑，悔恨交加。坚信自己正被深爱，把露水关系当成爱情，这样的自己实在是愚不可及。

结果呢，对方只是对"人妻"这种战利品，有点集邮的兴趣而已。

再不可自作多情了，裕子下定决心。

"别拿我这个老阿姨开涮了。"

她故作埋怨。兴许是啤酒下肚的缘故，新井的眼神比方才更添了些温柔。眼睛不大，眼角缀着些许细纹。若不是鼻子轮廓英挺，说不定还得归入"丑男"的类别。眼皮耷拉的小眼睛，闻言眨巴了几下。

"你这句话，存在两处错误。首先，你不是什么老阿姨。其次，我也没在拿你开涮。"

"可是，你刚才那番话也太夸张了。"

"夸张什么啊。我只是说了自己内心的真实想法。"

这才是问题所在。年轻的时候，心口一致。言语，是心这座工厂加工出来的新鲜产品。而对中年人来说，随心而说的话语，却经过了种种拐弯抹角的路径，包含着各色各样不纯粹的动机。岂止，哪怕不是心之所想，也能动动嘴皮，脱口而出。

"可是，就算你真这么想，这么想本身也很奇怪。"

这话听来像绕口令。

"那也没办法啊。我真是这么想的。就算是你，也控制不住内心的想法吧？"

新井露出委屈的神情。男人气恼的时候，表情偶尔会带点少年的稚气，此刻的他也一样。裕子不禁觉得好笑。

"那好，你的这番心意，我接受并感谢。"

"这话叫人难受。太客套了。"

"是吗？"

"听我说，日下。此刻在你面前的男人，是你的忠实粉丝，发自内心想成为支持你的后盾。请你放宽心，再多给我点信任好吗？"

"粉丝"这个词，意外地让裕子感到心弦一松。它既非甜言蜜语的追求，也不包含什么非分之念。混杂着善意与仰慕的淡淡情愫，被新井定位为"粉丝"。如此一来，自己或许便能坦然接受他的心意了。

"那好吧……"

裕子的目光与男人的目光撞在一起。男人用眼神发出鼓励，仿佛在说，再大胆一点，把心敞开。

"那好吧，今后就请多多关照了。"

"对嘛，这就对了。来，让我们干上一杯！"

"为什么而干杯呢？"

"今天，是日下粉丝俱乐部的成立仪式。"

"什么俱乐部，只有你一个成员好吧？"

"还有你啊。你我二人，都成为日下粉丝俱乐部的成员，一起来为你应援。"

新井叫住路过的服务生，又要了一瓶啤酒和一只杯子。

"让我们立个约定。今后不管再小的烦恼，你都要和我商量。"

"明白了。"

杯子相碰的瞬间，裕子胸中涌过一阵暖流。

母亲搬入养老院的日子临近了。裕子这阵子每到休息日，就回娘家帮忙打包行李。

典子分到的房间仅有六叠大。如今这年月，就连学生也不愿住得这么狭窄。除床之外，只有桌子、储物柜和一个放置私人物品的搁架。所以只能带些当下的必需品过去。典子说正好趁这个机会，想把身边的物品全部拾掇一下。

"不用了吧？反正状态调整好了，还要回家来的。"

仿佛是说给自己听，裕子屡次把这话挂在嘴上，但马上又意识到，这充其量不过是自我安慰。和母亲一道整理东西的过程中，就能察觉到她的异样。几分钟前刚说过的事情，转脸就忘记了。有时她似乎在和裕子说话，可内容叫人完全摸不着头脑。

"我说，这边的春装全部拿去干洗吧。这样整理起来估计更容易。然后你爸的西服，也趁这次一块儿处理掉吧。质地再怎么精良，也早就不流行了。你哥肯定也不会穿的……"

既然母亲这样说，好吧，那就处理吧，裕子点头答应。谁知不出十分钟，母亲又开始念叨："你爸的西服怎么办好呢？那可是从前在瑞士的时候定制的上等货。"

一面宽慰母亲，一面进行解释，一面打包行李，累得裕子骨头都快散架了。尽管如此，能带去养老院的东西，也只是极少一部分。放眼望去，房间的模样并无大变。客厅里，电视机、音响等仍原地未动，四下充斥着母亲居住其间的气息。与昔日的一切斩断联系，投入陌生的新生活，对一位老人来说，该是多么艰难。

　　"裕子啊。"

　　仿佛透视了她的想法，典子忽然唤道。转过身去，裕子看到母亲一脸郑重，与昔日毫无异样。

　　"趁我这会儿脑子还算清楚，赶紧跟你交代一下。这屋里的东西，你来收拾收拾。家具不值多少钱，你拣能用的搬走，其他的全部扔掉就好。"

　　"说什么呢。回头搬回来的时候，没床没沙发的，你怎么生活？"

　　"不啦。应该不会再回来了。对了对了，差点忘了件重要的事。看来确实是糊涂了啊。真叫人没辙……"

　　典子嘴里嘟囔着，打开了电话柜的抽屉，从中取出一个盒子。

　　"因为接下来要支付养老院的费用，存折和股权证，我都交给你哥保管了。虽说迟早有一天，会有一小部分分到你手里，但应该也没几个钱。所以这些，全部都是你的了。"

　　裕子晓得盒子里装的是什么。母亲的宝石，为数不少。钻石戒指、珍珠首饰，以及父亲从国外买给母亲的礼物，猫眼石、蓝宝石等，裕子还记得它们戴在母亲手指上的闪耀。

　　"本来也得给正美留几样的，但我的首饰，恐怕也不合她的意。反正，她也会从自家妈妈那里继承到吧。宝石这东西，都是母亲传给女儿的嘛。"

　　"我不要嘛。"裕子叫道。这样的场面，未免太过残忍。如同临终前交代遗言。

"你搬到那边以后，平时用它们打扮打扮，开开心，不是也挺好嘛。"

"别说这种自我宽心的话了。总之，趁我现在还能说几件正经事，你赶紧好好收下。求你了。明天会怎样都还不知道呢。"

不知何时，泪水打湿了母亲的面颊。裕子想，最先感受到失忆恐惧的，其实正是母亲自己。

"那好，我先替你保管着。"

裕子老大不情愿地接过盒子，放进了包里。望着这一切，典子露出了欣慰的笑意。在女儿眼中，不管怎么打量，母亲都仍是个品位不俗的美丽老妇人。谁会猜到她有痴呆症呢？

在屋里待得难过，裕子来到院中，用力踩平堆积的废纸箱。不知过了多久，纸箱被毫无必要地踩到稀烂。裕子虚脱地望着脚上的凉拖。那是母亲平时到院里来时，穿的一双淡紫色的塑料拖鞋。裕子穿起来略嫌箍脚。母亲脚的尺码要比她小得多。想到母亲那双不沾世事尘埃的秀气纤足，裕子便心痛到无以复加。

这时，一双男人的拖鞋，踢踏踢踏走到裕子跟前，是哥哥真一。

"收拾完啦？"

"差不多了。豆腐块那么小的房间，也带不了多少东西过去。"

"这话是特意说给我听的？那么小的房间，每月也要二十八万日元呢。"

"这我晓得啊。本身又不是在责备你什么。"

兄妹两人沉默了片刻，一起望向院子。对面栽着一株叶子快要掉光的连翘树，是已过世的父亲当年亲手种下的。记得好像是在浅草的花木市场买来的。父亲平时对园艺从不沾手，着实让家人吃了一惊。

每到春天，连翘树下总有铃兰开花。铃兰是母亲从前栽下的，种子随风四下飘落，后来年年都会应时开出花来。庭前风景虽似旧年，而居住于门内的一家人，却已渐次零落。父亲故去，母亲痴呆，如今正要搬入养老院去。

所谓家人，到底是一种怎样的存在？

没有谁可以永远幸福地度过一生……

真一开口打断了裕子的感伤。

"老妈搬出去以后，我打算把屋里好好拾掇一下。"

"呃……"

"总不能一直那样放着。我打算叫回收公司上门来，把东西都清空。"

"也就是说，家具被褥什么的，全拿去丢掉？"

"你有哪件想要，尽管搬走就是。"

"我不是这个意思！"

裕子气得双腿打战。母亲的塑料拖鞋轻微地吱吱作响。

"妈还没死呢！还在别处活得好好的。你就盘算着把妈的东西都扔掉，是吧！？"

"你别这么激动。先好好想想，老妈健健康康地回到这个家的可能性，还存不存在？"

"够了！够了！"

裕子大叫。她怒目瞪向哥哥的脸。那张脸渐渐与康彦的脸重叠在一起。我不会再忍下去了。她愤怒地想，男人这种动物，为何竟如此冷酷？

"够了。我刚刚做了个决定。我要搬回来住。和老公分居也无所谓。老妈就是如此重要。我绝不会让她受哪怕一丁点委屈。对嘛，只要我搬回来，一切不就解决了吗？我带着七实，跟老妈一起过。"

——新井雄一先生启：

我自知发这封信不免冒昧。但目前能听听我的家事，帮忙给点意见的人，除了新井先生，我也想不出还有谁了。

其实上个月我已离家，搬回娘家与母亲同住。走到这一步，过程也是一波三折。首先哥哥缴纳的养老院定金，不知是否能拿回来，我和哥哥爆发了一场争吵。幸好这是家良心机构，只扣除了少许解约费，其余的部分都原数返还了。作为退款的条件，还跟养老院立下约定，等将来我照顾不了母亲的时候，再把她送过去。这样也许更好。

和老公之间也有过各种交涉，最终是他那边做了让步。说来脸红，这一年左右，我们夫妇之间绝对称不上太平。这回老公明显是过错方，所以我才能挺直腰杆、强硬到底吧。但女儿就可怜了。上学路上时间增加了三十多分钟。我娘家的房子，当年借哥嫂结婚的机会，改建成了两户同堂的格局。母亲这边房间很少。其中一间给她住，我和女儿住另一间。对此女儿似乎颇有怨言。

不过，说来说去，最成问题的还是母亲的日常照料。我联络区役所，请他们介绍了该地区的护理主管。过几天对方就要上门查访了，但母亲的资格认定，恐怕也只能属于"需要援助"这一级。患有痴呆症的老人，却没有资格享受特殊护理，也真叫人无语。不过，母亲目前还能独自应付一些日常的基础活动，评定的分数似乎是会低一些。

这姑且不去管它，反正接受了资格评估，就可以聘请护工了。白天我出门上班，女儿去上学，母亲就交给护工照管。如果公家的护工能来的时长数不够，我打算再花钱请私人护理。

总之，我和母亲刚刚开始共同生活，目前各方面还算顺利。连我自己都惊讶事情会有这番进展。早知如此，从一开始搬回娘家就好了。

不过话说回来，就算嘴上说得轻松，我心里依然有不少忐忑，比如护工能否再多分担些照料的工作啊，我的做法有没有不妥啊。同时我也在懊悔，为何当初不早点选择这么做呢？

日下裕子上

——来信收启。吓了我一跳。怎么突然就离家了？亏你先生还真能同意呢。为了照料母亲而夫妇分居，这种事看似不难，其实大多数人都办不到。

另外，关于护理等级认定的事，最近国家的审核标准越发严格。实际情况是，连九十岁的老人，只要不存在特别严重的疾病，都拿不到特殊护理的资格。

具体到令堂，假如上门查访时，老人家恰好恢复到正常状态，表现得相当清醒，那么有极大可能会拿不到特护认定。

不管怎么说，对老人家而言，如今的生活状态或许才是最适宜的。但是裕子，这种生活对你来说，真的没问题吗？我表示担忧。

父母的事情固然重要，但因此而使自己辛苦建立的家庭生出裂痕，就太可悲且不幸了。我想，令堂也绝不会希望看到这一幕发生。

冒昧直言，还望谅解。

新井雄一上

——一直找不到机会告诉你，我父亲生前也在药企工作，公司是赛博制药，从事的是研究职位。在我出生前，他曾经被派驻过瑞士。沉默讷言的他，忙于工作成天不着家。尽管如此，现在想来，父亲依然是家中不可或缺的重要存在。我时常觉得，假如父亲在世，母亲大概也不会这么早患上认知障碍。

你为我家庭方面的问题而担心，真的非常感谢。实际上，这段日子我们夫妇间一直别别扭扭。这次分居，我认为恰好是一次重新认识彼此的机会。如果不这样一件件一桩桩都从积极的角度去看待，我恐怕很难熬过此刻这种艰难的状况。

总之凡事不必细想，只管铆足劲儿，"嗨"地踏出第一步。我感觉，若想解决眼前的困难，大概就必须从近在手边的事情做起，全身心地投入进去。

幸运的是，自打我和女儿搬来同住，母亲似乎安心了许多，一直没有什么太过反常的表现。

日下裕子上

——是嘛，令尊当年在赛博制药任职。那可是业界巨头啊，我们这种小公司是无法望其项背的。令尊曾被派驻瑞士，毫无疑问，必然也是身负要职吧？

至于令堂的照料问题，聘请护工自然不错，但除此之外，是否考虑一下民间的商业护理服务？是一种日间的"托老"机构。我在你家附近挑选了几间，要不要回头一起去看看？我开车载你过去。有兴趣吗？请千万不要客气。

新井雄一上

"一起"两字，跃进裕子眼底。一起，多么暖心的字眼。

"你到底想什么呢？！"

哥哥真一质问。不，确切地说，应该是怒喝。他一定觉得，只要加重语气，把自己那套理论没完没了、喋喋不休地重复，基本上所有人都会乖乖听从吧？事实上，这套方法在过去，也的确挺有效果。

"妈都答应了去住养老院啊。连钱都交了。你偏偏搞这出，把一切都给搅黄了，知道不？！"

"搅黄什么的，不存在吧。我只是为妈考虑，想尽量选择对她好一点的生活方式。"

"你啊，拜托好好用用脑子。你不只把老妈的事情搅黄了，还正在搅黄自己的婚姻。你认真考虑过没有？老人的看护，是件看不到头的事。这么说可能不太好听，你得一直照顾到人去世！绝不可单凭一时的感伤，或是冲动的侠义心肠来下决断。看护老人，必须把眼光放长远一些，选择一条风险最小的路，考虑一种尽可能减轻负担的方式。康彦君到底是怎么打算的？他这人再怎么好说话，恐怕也不会忍受这样长期分居的。"

真一如此火冒三丈，也有他的理由。裕子提出，要他把原本为了母亲住养老院而保管的存折和股权证，全部交还回来。

"咱妈的护理资格认定，结果肯定是'需要援助'这一档。这样一来，护工每天充其量会来三十分钟左右，帮忙打理一点家务。七实下午五点放学，在那之前，妈必须有人陪伴。我查了一下家政协会的主页，按便宜来算，服务一小时，也要收费一千五百日元。我打算请个阿姨，一边做家事，一边照看妈。这样的话，我希望阿姨每天来够八小时，等于一天就花一万二千日元。就算阿姨每周休息一天，也是笔不小的开销。扣除妈的养老金，每月还需要二十万日元。所以我打算，把妈的存款一点点取出来用。哥你打算花在养老院上的钱，也有这个数目了吧。既然如此，就把存折交给我，今后由我来管理。我准备把存款都花在妈身上。"

"别说蠢话了。我作为长子，管理妈的财产是天经地义的吧？首先，你能陪妈住到何年何月，目前都还没谱儿。反正要不了多久，妈还是得去住养老院，不能由着你把钱胡乱花。"

"既然如此，那就麻烦嫂子每天抽出两个小时，陪在妈身边好了。这样一来，就能省下不少雇阿姨的费用了。"

"我说你，想找碴儿吵架是吧？这次的事情，把正美气得要命。她没有义务照顾妈，懂不？"

这样的兄妹之争，夜夜上演。等回过神来时，裕子发现自己已处于孤立无援的境地。说是两户同堂，即使在院子里打了照面，嫂子正美也不搭理她。

至于老公康彦这边，可以说维系着一种尚不致破产的、微妙的"小康状态"。

"我妈的病情恶化了，我打算回娘家住一阵子。"

裕子这样宣布时，康彦大为惊愕，正开口想说什么，却被裕子接下来的话堵了回去。

"咱俩的事，正好趁这个时间，也可以各自考虑一下。"

已经严重到这个份儿上了吗？康彦小声嘟囔："你该不会相信那些谣言吧？真没想到。"

"我不是相信谣言，只是思考自己人生的优先顺位时，意识到母亲排在第一位。这个人不是你，固然可悲。不过到了下一个时期，或许还会有新的改变。总之现在，我想优先考虑我妈的事情。"

"你把七实当什么？那孩子才该排你人生的第一位吧？"

"七实无法排位。她就是我自己。所以不管去哪里，我都会带上她。那孩子啊，压根没有意识到爸妈闹崩了，所以才要伴到外婆家。"

康彦放了心，脸色缓和下来。

"我告诉女儿，外婆病得很重，必须回去照顾一段时间。所以换洗的衣物和课本，一半都留在这边，让她两头跑。”

"是嘛，那就好。"

而后，康彦心有戚戚地问："母亲排在人生的第一位啊……女人们，都是这样的吗？"

"这种时候，女人都是如此吧。眼看衰老的母亲境遇如此悲惨，心痛到无以复加的时候……"

此时，女人会憎恨不愿伸出援手的老公，憎恨到无以复加。最后这句话，裕子没有说出口，而是收进了心底。

和母亲同住以后，裕子变得攻击性十足，同时又精神洁癖发作，不仅要求老哥掏钱，还决定每月不再向康彦讨要生活费。

"取而代之，往日常开销的那个账户里，先汇一笔七实的学费过来吧。"

双方皆有收入的夫妇，立下了几项协议。生活费各出一半，而公寓的贷款，康彦会还一大部分。女儿的学费，全部由康彦承担。毕竟读的是私立学校，是笔不小的支出。裕子判断，如果由自己单独承担，恐怕会非常吃力。

每天请阿姨造成的经济负担，远比她想象中大得多，赤字相当严重。真一又不肯交出母亲的存折，目前全靠裕子的存款支撑。

如果说还存在什么希望，那就是母亲的状态正逐渐好转。按照医生的说法，与女儿、外孙女一同生活的动力和活力，给大脑带来了良性的刺激。此外，目前服用的认知症药物，虽不是新井他们公司研发的，却出乎意料地有效。

"如果保持这样的状态，母亲的病就能彻底治愈吧？"

面对裕子的问题，医生果断泼了盆冷水。

"最好不要有这样的期待。"

用医生的话说，家属必须做好心理准备，无论再怎么干预，也只能维持一种相对平稳的"小康状态"。

但不管怎么说，时隔许久，裕子跟母亲终于再次有了心平气和的深入交谈。

"所以现在来看……"

母亲略为迟疑地开了口。

"当初犹犹豫豫的，对养老院抱着一份抵触感，或许反而导出了一个好结果。"

"看吧，妈果然不想去养老院。"

"那是肯定呀。谁都愿意在自己家里活到老死。不过呢，这回如果还是控制不住病情，你随时送我过去就行。女儿为我付出到这个份儿上，还能和外孙女一起生活，我真的知足了。有时甚至想，就是死，也无憾了。"

当然不能掉以轻心。偶尔，母亲还是会一脸困惑地呆立在玄关前。明明走到了门口，却想不起自己为什么要外出。说话前言不搭后语的情况也不少。不过，能够心平气和地倾听与对答，估计也是一起生活的缘故。

——这段日子，生活状态慢慢稳定下来了吧？

收到新井的短信时，裕子已下班回到家中，正在计算当日的营业额。典子坐在旁边的沙发上看电视，是一场棒球比赛的转播。去世的父亲，当年是参赛球队的超级粉丝。母亲对球队的成绩感兴趣，在裕子看来，显然是病情好转的征兆。

——目前来帮忙的家政阿姨人很好。据说有时还会陪母亲唱歌，我听了真的好开心。不过，像我们这种普通人家，聘请家政的费用可是个不小的负担。我在考虑，把母亲送去日间的托老机构不知如何。

上网查了一下，附近的老年之家也提供类似的日托服务。如果方便的话，陪我去看看好吗？

新井说工作日也没关系。但身为上班族的他，赶到裕子家这边来，至少要请半天假才行。两人商量了几个来回，决定改在周六碰面。周六原本是裕子上班的日子，但她调了休。自从和母亲同住以后，不只请假多了起来，加班也尽量缩减到最小限度。虽说跟上司解释过，"是为了照顾母亲"，但上司究竟是怎么想的，她就无从知道了。年终考核的时候，说不定会有什么不利影响，但裕子也无可奈何，索性懒得再想。

这阵子来了个出手阔绰的大客户，店里的营业额反而有所攀升。话虽如此，也许只有自己不觉得给下面的店员添了多少麻烦，未能察觉到店内骚动不满的氛围吧。不过，裕子觉得这样也好。她希望母亲幸福。只要能实现这个愿望，哪怕日常的其他方面多少有些破绽，她也打算睁一只眼闭一只眼，当没看见。

裕子的这份心境，也表现在了面容或某些表情上。

"日下，你变了呢。"

时隔一个月再见到新井，他满脸松了口气的神情，瞧着裕子。

"想到生活中的各种难处，我以为你会瘦上一圈呢，谁知压根没有，这我就放心了。"

"意思就是说，我其实胖了？"

"哪有哪有，没那回事。是一种，面对四下，威风凛凛挺起了胸膛的感觉。"

"我吗？"

"对。但和以前那种职业女性的强势感，略有不同。"

"我猜，可能是表情变凶了吧？"

"不，不是凶……哎，抱歉，我无法准确地形容出那种感觉。不过，你现在的样子特别美。"

新井的车不出所料，是辆平凡的国产车。副驾的座椅相当靠前，裕子判断，他的太太大约是个身材娇小的女人。

两人走访的第一所老人之家，距离裕子娘家有七八分钟车程。据说此处的日托服务十分完善而周到。站在大堂向外望去，一群老人陆陆续续从一辆车身印有"安宁之乡"字样的小型巴士走下来。当中虽也有坐轮椅的老人，但大多数都是能够独立步行的健康人士。

"这里的公共浴室特别宽敞，有种泡温泉的感觉，所以有些老人来过一次后，就像上了瘾。"

"只来泡泡澡也可以吗？"

"当然啦。有专门的巴士，每天巡回接送。"

建筑的一楼，被比较健康的老人占满了。大家两两对坐，要么在下围棋，要么在热火朝天地闲聊。登上二楼，坐轮椅的老人，比例一下子高出不少。一位中年女性面朝大家，正在高声讲话："下面，让我们一起唱首秋天的歌谣，好不好？要尽量大声唱哦。"

歌名叫《红叶》，是首令人怀念的老歌："秋天的夕阳，照着山间的红叶……"

裕子以为是针对认知症的复健活动，后来发现似乎也不像。一位衣着整洁的老太太，坐在椅子上大声唱和着。仿佛不好好唱完这首歌，脑子就会痴呆似的，卖力地发出响亮的声音。

"目睹这种情景，其实挺难过的。"回途中，裕子叹道，"只是上了年纪，就被当成幼儿一样对待。"

"不过，那样子大声地集体合唱，被证明在防止老年痴呆上有不错的效果哦。"

"可是，每个人都有自己喜好的歌曲吧。合唱的时候，也有个人想选择的曲目啊。那种形式，并不属于真正的合唱，总有一丝剥夺了个体尊严的感觉。"

"我的伯母，当年也是女子大学毕业的，书卷气很浓，绝对的知识分子。伯父在世的时候，她的日子还算不错。谁知啊，如今也毫不犹豫地选择了日托服务，每天开开心心地去老年之家报到。总是留恋过去也无济于事。总之，现在只能努力防止老年痴呆，尝试结交新朋友。我想，日托服务的作用，正在于此。"

"我的母亲既非知识分子，也不属于社会精英，只是个特别认生的老太太。把如此不善交际的老母亲丢到那里去，我都担心，她能不能跟大家唱到一块儿去。"

"她以往那些老朋友呢？还在吗？"

"以前在兴趣班有帮老朋友。后来发现自己患了痴呆症，似乎就和她们断绝了一切来往。估计是不喜欢被人问东问西地表示同情吧。"

"这样啊。也许还有一个选择，就是在老年之家这样的地方，去结交新朋友。不过，实际做起来，还是相当有难度的吧。父母就是这样啊，不会依照子女设想的方式，去顺顺利利地处理问题。不管怎样劝导，都拿不出乐观的态度，去更加积极热情地与人交往。所以这种想法，或许也只是子女自说自话、一厢情愿的期待罢了。"

这时，裕子方才意识到，自己一次都没问过新井父母的情况。

"新井先生，您的父母还健在吗？"

"父亲在我大学二年级的时候，患癌去世了。三年前，母亲因子宫癌接受了手术。手术挺成功，母亲的身体也基本康复了，谁知出院的第二天，却遭遇了一场车祸，当时人就走了。"

"啊……"

"其实怪我太傻，以为母亲已彻底康复。长期的住院生活，已使母亲丧失了许多身体感知。那天她原想去附近的超市买点东西，谁知却被车撞了。"

"抱歉，提起让你这么难过的话题。"

"哪里哪里，到了我这个年龄，双亲都还健在的人其实少之又少。而我也痛彻地体会到一点：父母因意外事故离世，是件叫人悲痛欲绝的事。假如是生病过世，至少还能有个心理准备。母亲走的时候，我感觉像后脑勺'咣当'被谁砸了一锤。"

沉默了一阵之后，为了换换气氛，新井操着欢快的语气，抱怨起肚子快要饿瘪了。裕子看了看表，时间已过一点半。

"这附近有什么好吃的馆子吗？"

"这一带是居住区，没什么正经餐馆……倒是有一家时不时被杂志推荐的好店。不过都这个点了，难说还开不开门……对了！去吃荞麦面如何？有家面馆，是普通民居改建的，味道挺不错。要是他家的话，说不定你会满意。"

"好啊，开车来太遗憾了。我喜欢借口工作，偷偷从公司里溜出来，去午间的荞麦面馆喝上几杯啤酒。我不是什么美食家，在吃上面没太多讲究。只有一点，那种才吃了两三口，价钱就贵到不像话的地方，我有点消受不起。"

"那没问题。这家店不像市中心那种故作情调的地方价格贵得吓死人。"

在如今住家附近的餐馆里，和一个男人单独吃饭，是件相当需要勇气的事。不过，裕子担心的情况都没有发生。近年来，在这样的小馆子里午间小酌一下，似乎成了流行。午饭时间已过，店内上座率仍有八成。裕子来过几次，服务生大概对她有印象，将两人领到了炕席旁。

明明已近十月，天气仍热得人冒汗。大概是一上午见了几十位老人，实在太过疲惫，方一落座，裕子便浑身一阵虚脱。

"我想点瓶啤酒，可以吗？"

"请吧。虽说我没法陪你喝。"

两人吃着先端上桌来的鱼糕片、厚蛋烧等下酒小菜。另外两组客人已用餐完毕，站起身来。新井喝着乌龙茶，羡慕着裕子手里的啤酒。

"看起来真的很好喝啊……"

"不好意思。我平时很少在中午喝酒。可今天无论如何都想来上一杯。一想到母亲要待在那堆人里，不晓得为什么，总觉得坐立不安。"

"日下，利用日托服务，绝不是什么悲惨的事啊。"

"我懂。但懂归懂，如今对我而言，母亲就是一切。如果她不能真真正正获得幸福，我会觉得内疚。"

"话虽如此，也不必用牺牲自己来换取啊。"

新井将手轻轻覆在了裕子的手背上。两只手大小悬殊，却如此亲密无间。是出于同情，还是对自己的好意？裕子并不清楚。恐怕对方也一样没有答案。

一阵热流毫无防备地涌上眼底。这一年来，深藏在胸中的诸般苦楚，此刻却决了堤，令裕子不吐不快。不知是为了试探男人的心，还是希望男人就此死心，裕子已彻底搞不懂自己。尽管如此，她在心底，依然渴望听到男人对自己的热烈表白。

"我现在真的好痛苦。不是为了母亲，而是为自己。一年前，我有个喜欢的人。起初是他主动追求我的。那种激烈的程度，甚至让我担心，自己的人生会不会被这份危险的感情给毁掉。然而，事实却是，对方不过在逢场作戏罢了。我曾经一度相信自己遇到了真爱，如今却羞耻到无地自容，恨不能立刻去死。虽说这件事早已过去，可直至今日，一想到当时的情景，我还会心乱如麻，简直无可救药。我根本不是什么大孝女。就算现在，拼命忙于照顾母亲，也只是为了忘掉那个男人而已，不愿再去回想曾经羞耻又悲惨的自己。这滋味好折磨人。如果不去直面母亲的问题，我恐怕真的会精神崩溃……我是世上最差劲的女儿。"

　　说了这么多，新井却并未撒开手。岂止。反而握得越发坚定。

　　他的手掌一直覆在裕子的手背上。若是稍微揉弄几下，或许多少会有点性暗示的意思。然而，宽厚的手掌却纹丝不动，只是源源不断输送着暖意。裕子感觉自己仿佛被新井紧紧拥入了怀中。如果真的被他抱住，想必他也会温柔地拍着自己的背，不停安慰："没事啦，没事啦……"

　　裕子能感到，新井显然接纳了自己。但她仍然渴望获得言语上的确认。她想开口试探，谁知发出的声音里，竟带有一丝生硬的撒娇意味。

　　"你在鄙视我，对不对？"

　　"没有……"

　　新井默默摇了摇头。但裕子不满意。她期待他如往常那样，不断用话语来抚慰自己，于是继续说道："看起来好似在为母亲担心，实际上却在为男人烦恼。我就是这么差劲的女人。"

　　"鄙视？怎么可能？我只是对那个让你经历了这些折磨与伤害的

男人，从心底感到愤恨罢了。"

苦心等待的东西，总算到了手。当她决心将过往不甚光彩的恋情主动坦白时，话语瞬间便不受遮拦地一句句倾泻而出。那份一吐为快的冲动，成分单纯，并不夹杂其他动机。但当新井用掌心坚定地裹住她的手时，裕子心底，却不知不觉滋生出一些别的企图。

希望眼前的男人疯狂嫉妒的念头，与一种自艾自怜的情绪，彼此交缠在一起。裕子想，若是这个男人的脸上，能流露出少许痛苦的神色，那就完美了。终于，男人遂了她的意。但是，沉稳的态度和声音，却绝不轻易垮掉。

裕子又一次强调："是啊，我真的经历了很深的伤痛与折磨。"

然而，她察觉到，自己的声音里没有了方才的真挚。男人会怎么反应呢？她忽然忐忑起来。

新井将手撤了回去。裕子疑心自己的手，接下来会一直孤单而难堪地晾在桌上。谁知没有。这一次，新井伸出了双手，将裕子的手捧在掌心，仿佛擎起一团珍贵且柔软的东西，将它贴近了自己的脸颊。

"这个男人太垃圾了。要知道，像你这样完美的女人，谁都会忍不住真心爱上你。"

啊，裕子如梦初醒般叫了一声。从男人口中，眼看快要听到那句决定性的告白时，恐惧却涌上了心头。

参观过托老机构之后的兴奋，以及白日里的啤酒，促使她做出如此冒昧的举动，不受控制地道出了过往的不伦体验。而结果呢，等于浑身上下每一个毛孔，都在向男人诉说着自己的寂寞。不自觉地，开始试探起男人的心意。

为何自己期待从新井那里得到这样的表白？意图发展新恋情吗？新井是自己最重要的友人。在母亲的问题上，自己将不可与人坦言的烦恼，悉数向他倾吐，也一次次从他那里获取建议。自从和老公分居以来，新井为自己提供的支持不可计数。而现在，自己竟然去破坏好不容易培养起来的友情，企图拿两人的关系编造另一出廉价的爱情肥皂剧。

"太羞耻了。"

裕子抽回手，逃开了新井双手的包裹。而此刻的这句"羞耻"和方才话里的"羞耻"，两者在语义上有着微妙的差别。

"我真是的，从刚才起一直在做什么啊。絮絮叨叨，净说些无聊的事。新井先生，请您把我刚才的话都忘掉吧。"

新井一动不动地凝视着裕子。从那静默的眼神里，看不出他究竟在想什么。

"你给了我这么多的帮助和支持，我却从刚才起，没完没了地冲你吐苦水。实在太羞耻了。请您把今天发生的一切，都忘记吧。"

裕子一把抓过手边的账单。

"别别，这点饭钱，让我来付吧。"

"那怎么好意思。今天你是特意为了我母亲的事才来的。"

面对把账单紧紧攥在手中，生怕被抢走的裕子，新井叹道："真是个顽固的女人哪……"

而裕子，却不敢再去直视他的脸。

——昨天实在太感谢你了。

单单是了解到有许多提供托老服务的机构，心里顿时便踏实了不少。

我把大家一起唱歌的事告诉母亲后，她似乎挺感兴趣，提出下次一起去瞧瞧。想到这正是病情好转的征兆，我高兴得差点跳起来。真是个无可救药的乐天派啊，心里这么自嘲着，却也没有办法。毕竟，不这样把一切都往好的方面想，就没有力量向前看。

　　邮件写到这里，连裕子自己都觉得，真是假惺惺啊。就在昨天中午，荞麦面店里无人的炕席上，男人还曾握着自己的手，发出那样深情的低语。而自己，一面把气氛往暧昧的方向引导，一面又在中途逃之夭夭，未免太狡猾了。裕子深切为之自责。

　　没错，自己从老早以前起，就对新井的心意有所察觉。这一点，从他望向自己的眼神便足以明白，而且，他的温柔举动，也早已超出了"友善"的范畴。但与此同时，裕子也清楚，新井是个遵理守节、极为自律的人。和尽管自己是人妻，不，正因自己是人妻，便用尽一切手段，也要把自己搞到手，仿佛在玩一场狩猎游戏的伊藤，有着本质的区别。在裕子看来，新井一直小心慎重地培养着两人的感情。

　　不过，若问裕子是否也像年轻时那样，对男人这份谨小慎微的心意，故意装傻充愣、视而不见，倒也并非如此。年轻单身那会儿，裕子往往会以"太麻烦啦""做朋友更划算"之类的理由，巧妙地躲过男人的示好。作为一个普通女人，她自觉在这方面掌握了充足的应对技巧。

　　然而，对待新井，她却使不出这套本领。当她自知洞悉了新井的心意时，便预感自己也会心有所动，恐惧瞬间随之而来。

　　"我已经没有再爱一次的心力了。"

　　裕子忍不住出声地自言自语。和伊藤的那场恋情，不，那场短暂的露水之欢，究竟给自己造成了多大伤害啊。如今四十三岁的裕子，已可以做到一遍遍反复自省。换作年轻时的她，这是压根办不到的事情。恋爱这东西，一场结束之后，只需静候若干时日，另一场很快便会接踵而来。而如今，对于年过四十岁的人妻来说，恋爱则像一种奇迹。如果是短暂的情事，或小小的冒险，偶尔或许还会降临，但真正的爱情却不然，它是奇迹，是千百万人当中才会诞生一例的奇迹。

裕子既不觉得自己会被奇迹眷顾，也很难认为，新井会是那个被上天选中的男人。如果说，自己和他之间真的有机会发生些什么，大概也只是一场比伊藤那时候"感受更舒服的游戏"罢了。

裕子不可能容忍将同样的经历再复制一遍。她不愿把新井这样诚恳的男人，拽进那个逢场作戏的世界。在不伦之恋这件事上，不如说，这是裕子身为"前辈"，对新井的手下留情。

"这种可恶的念头，千万要杜绝。"

裕子将目光重新落回到电脑屏幕上。

——昨日告别后，我深切领悟到一点。那便是，你对我而言，是人生中至关重要的存在。此刻说这种话，或许会让你觉得我天真且自欺欺人。可人一旦过了中年，便很难再交到珍贵的异性朋友了。男女之间到底有没有纯友谊？当年热衷于这种幼稚的讨论时，结论如何姑且不提，总之此刻，我可以清楚地断言：有。

当然，男女之间的友情，建立在身为异性互相吸引的基础上，必须立足在一个危险的区间之内。但你不觉得吗？我们都具备回避这份风险的智慧。我啊，到底想表达什么呢？

总之，我不愿因为一时的感伤，而失去你这个朋友。这份心情，很难用言语描述。总之，请你今后也务必留在我身旁，成为支持我的力量。任性之言，还请包涵，拜托了。

裕子审视着电脑里的文字，决定将后半部分删去。满篇胡言乱语，不知到底要表达什么。连她自己都觉得，这些话泛着傻气。

毕竟，给对方一些暧昧的暗示，让对方误以为自己有意，是年轻自由的女性方才拥有的特权。

可删去这些文字后，裕子心中反而生出了另一种勇气。反正，这封信最终也不打算发给对方，那索性再多写点真心话好了。

裕子连续不断敲击键盘。屏幕上的文字层层潮涌，仿佛一句召唤着一句，一句更比一句真情澎湃，委实不可思议。

——我的母亲，曾是个美丽优雅的女人，一向衣着考究、品位不俗，料理、缝纫也样样精通。小时候，我总为母亲亲手制作的汉堡或靠垫而自豪。这样完美的母亲，仅仅是日渐衰老，倒也并不令人太过感伤。但当我得知她丧失了正常的认知时，你能想象那是怎样一种惊恐的滋味吗？人都会老会死，我知道这是不争的事实。然而，通过自己的母亲领悟到这一点，却何其痛苦。更何况，在一步步走向衰老的过程中，母亲变得判若两人，再也不是从前我所熟知的那个人。望着母亲的记忆与头脑正逐日崩坏，我真的惊恐到不知所措。与此同时，心中也更加渴望男人的爱情。身为有夫有子的四十三岁女人，还奢望获得其他男人的爱，不仅是罪过，更是为世不容的禁忌。对此，我完全心知肚明，却依然期待着，自己的手再次被男人握紧，再次沐浴在男人热切的目光里。至于关系中有没有性，并不是那么重要。比起性的快乐，我更希望被男人热烈地爱着，真心渴求着。

因为唯有被爱，方是此刻我活着、呼吸着的证明。死去之人，只会被他人怀念，或伤心地追忆，却不再会热烈地被爱。我仍未活到母亲的年纪。还要在这世间再活上几十年。既然如此，我渴望被爱，也渴望去爱。

写到这里，裕子轻叹了口气。果然，与老公分居竟使自己变得如此胆大妄为。女儿和母亲都在各自的房间里睡熟了。深夜里，只有裕子还这样坐在电脑前。秋天的夜晚，女人们可以任由思绪飞驰，随便去到任何地方。像少女时代那样，裕子决定泡壶红茶，小憩片刻。她喜欢在壶中注入热水，趁茶叶慢慢泡开的工夫，脑子里想东想西。

从家里拿来的这罐春摘大吉岭，怎么也打不开盖子。裕子打算用汤匙柄充当杠杆撬开它。拉开抽屉，仿佛百货公司的餐具橱窗，勺子叉子被分门别类，按照长短摆放得整整齐齐。看来这位家政阿姨，很喜欢收纳整理。为了尽量节省工钱方面的支出，裕子安排七实放学回到家，阿姨就可以下班。为此，她与这位阿姨从未打过照面。不过看样子，该做的事情，阿姨一概打理得井井有条。

这时，裕子听到一点声响。隔壁客厅里似乎有谁在发出动静。莫非七实起来了？桌上放着电脑，信才写到一半。七实不是那种会去偷看母亲电脑的孩子，但不赶紧消掉的话……

推开客厅门，裕子惊叫起来。

"妈！你在干什么！"

身穿淡紫色睡衣的典子，呆呆地立在电脑前，右手却不知为何放在键盘上。

"内容，你看了？"

这是裕子最为担心的事。如今病情还算稳定的母亲，若是读了信中的话，该会多受伤呢？

"没，一点也没……"

典子摇摇头。睡得蓬乱的白发，比任何语言更能形容出她的茫然。

"我什么也没看啊，连自己为什么站在这儿都不晓得……"

显而易见，母亲的痴呆症发作了。但比起为此感到的悲伤，裕子更庆幸母亲没有读到信中的内容。视线离开母亲的脸，落回电脑屏幕的瞬间，裕子发出了一声惊叫。

"天啊！怎么回事！你干吗了！？"

邮件正在发送中。

"妈，你到底动了哪里？要干什么嘛！"

"不知道啊……"

典子一副怯生生的表情。

"快，刚才你都做了哪些操作，快告诉我！"

母亲伸出苍白僵硬的手指，指了指"发送"键。

"真的假的？怎么会……"

裕子双腿一软，跪在地上。刚打出来的一封信，原本不想被任何人读到的话，全都发到了新井的邮箱里。

"对不起，我到底……做了什么……可我一点也记不起来了。"

对瘫坐在椅子上的母亲，裕子并未理睬，只紧张地盯着蓝色的电脑屏幕。她仍然无法置信，怎会发生这种意外状况。原本在卧室中熟睡的母亲，半夜竟摇摇晃晃爬起来，乱动自己的电脑。而且，动的还是"发送"键。这种事跟谁讲，必定都不会有人相信。

怎么办才好？裕子绞尽脑汁。现在立刻给新井发一封邮件，告诉他方才那些话都是玩笑话，请忘记吧？啊，刚刚发送出去的信号，若是能从哪里拦截，该有多好……

这时，电脑响起一声邮件送达的提示声。是谁发来的，裕子很清楚。她麻利地点开收件箱。

——如果说，被爱是活着的证明，你此刻已将这证明握在手中。

啊，裕子大叫一声。脑中不由再次浮现出"神明"两字。脑子已经失智的老母亲，稀里糊涂按下的一个键，竟将裕子原本打算删掉的文字，发送给了对方。这，大概是某种看不见的巨大力量在操纵着。

尽管如此，裕子与新井依旧好一阵子未再见面。毕竟才刚一起参观过托老机构，一时半会儿找不到什么见面的理由。再说裕子也清楚，新井绝不是那种借口"一起去吃点好东西吧"，故作漫不经心来约她出门的男人。若是来回发那些轻浮的短信，两人之间一定会尴尬得要命。裕子甚至不知该怎么和新井搭话才好。假如主动发邮件过去，就等于回应了男人的告白。

一个月过去了。这期间，裕子和康彦见过两次面。

"接下来的生活你到底怎么打算？"康彦口气相当严厉地质问。

"为了照顾母亲，选择夫妇分居，这种例子最近我也略有所闻。可咱们还有孩子啊，七实正是最难搞的年龄。"老公忽然摆出一副说教者的口吻。裕子眼神疏离地望着他。

"爸妈过着这么不正常的生活，一定也会给孩子的心灵带来糟糕的影响。"

"那你就搬到我这边来住嘛。"

裕子在老公眼里看到了畏缩与抵触，心里不禁嗤笑，"果不其然"。

"要知道，我妈是个病人啊。没有人照顾，她自己是无法生活的。你一个人也活得下去。既然如此，我只是请你稍微忍耐一段日子而已。"

"一般来讲，别的夫妇早就离婚了。"

康彦瞪了一眼裕子，似乎以为，只要把"离婚"这种狠话甩出来，基本上做妻子的都会屈服。

"这倒也不失为一个选项。只是，七实或许会更受伤一点。"

"你什么时候成了这么难搞的女人？"康彦叹了口气，"那女儿岂不成了被你扣押的人质？"

非要这么说，我也有几件抵押品握在你手里，世俗的体面、安定的生活……仔细审视内心，裕子发觉，若要对这几件东西彻底放手，自己仍有犹疑。虽说世间这种事早已不算稀奇，但她仍禁不住自问：作为"拖着油瓶的离婚女人"独立生活下去的勇气，我，真的具备吗？她给不出清晰的回答。有些女人可以骄傲地宣称"我离婚了"，但裕子自觉并不属于这种类型。最关键的是，她担心女儿的感受。如果可以的话，她不愿让七实的人生，有一丁点瑕疵。希望让她作为"名校老师的女儿"，长大成人。这份迟疑或狡猾心理，使她的生活沦落到如今这种"分居"的形式。对此，老公自然十分不满。

"都一把年纪了，每天还要在便利店买盒饭来凑合。我难免会想，这样的人生到底有什么意思。"

康彦下了最后通牒。"我再等你一个月。要是生活还这样无可救药，我们就拿出个结论来吧。"

"什么结论？"

"好好谈一谈，不就有结论了？"

"也就是说，一个月以后，我们要彻底谈个清楚？"

"没错。"

还剩一个月。裕子思忖，届时，自己的内心会涌出新的力量吗？事态会向好的方向发展吗？而那句话，总会时不时萦绕在她心头。

"如果说，被爱是活着的证明，你此刻已将这证明握在手中。"

198

结实

　　早餐桌上，母亲典子提起了打流感疫苗的事。啊，已经到这个季节了，裕子感慨着拿起了筷子。

　　"听说老年人和儿童，必须提早注射。"

　　典子一面往吐司上涂着蜂蜜，一面像在自言自语，口中絮絮道："反正老年人要是得上流感，一辈子可就到头了。自己的身体必须自己保护，别给大家添麻烦。"

　　是啊，裕子答。今天早上的典子，身穿灰色开襟羊绒衫，胸前别着只复古风格的大胸针。口中说的话，听起来一点也不糊涂。如何才能相信，脑子清醒的老母亲，竟半夜爬起来，胡乱摆弄女儿的电脑呢？前天，典子忽然提到："不管怎么说，都该给住在国立医院的静子送点柿子过去。"

　　所谓住在国立医院的静子，是母亲十几年前已经过世的表姐。可是等裕子再追问时，典子已不记得自己说过这话了。看样子在母亲的大脑里，过去的一些事实，要么被删除了，要么被篡改了面貌。话虽如此，典子和女儿、外孙女生活在一起带来的心理支持，确实对防止老年痴呆症状恶化起到了一定作用。服用的药物，据说也挺有效果。母亲病情发展的速度一下子降了下来，再没有什么比这更令裕子欣喜的。

"还有半个月……"

裕子出声提醒自己。老公康彦逼迫她，再过一个月，非要拿出个结论不可。选老妈，还是选老公，进退两难的结果是，裕子拔脚回了娘家。分居这种形式，原本挺不正常。但一家人也分开生活了三个月之久。把母亲的养老金和自己的存款都填上，也要把老妈照顾到底，当初裕子也是赌着一口气，才住回娘家来的。所以，尽管每个月的生活支出都多得惊人，裕子也从来不以为意。除去女儿七实的问题，裕子自觉日子过得还算顺遂。可这似乎只是她一厢情愿的想法。

"你打算让我用便利店的盒饭对付到什么时候？"

康彦高声怒吼。那么讨厌便利店的盒饭，自己做着吃不就行了？再不然，回自己爸妈家蹭几顿饭，不是也可以？反正离得又不远。裕子努力对抗着吼回去的冲动。但她知道，真把这话说出口，一切就到此为止了。

或许是代际的差异吧。裕子认识的一些三十来岁的男性，就绝不会这样要求妻子。当妻子不在家时，他们会十分自然地自己下厨，对外食也从不反感。

然而，四十岁的男人们，却是另一群生物，他们把便利店的盒饭和在外用餐，说得仿佛是妻子的罪过。而四十岁的人妻们，观念意识却越来越年轻，开始向三十岁的女人看齐。这之间的分歧，究竟是怎么形成的呢？裕子忍不住去思考男女之间的种种差异。

即便顽固如康彦，年轻的时候，也是个想法灵活的人。而如今，头脑中却塞满了身为人夫的自负、面子之类的糟粕。和这些东西交锋，到底是否明智，裕子并不清楚。非要说的话，这次分居，也是她不愿开战的结果。但是，老公却声称早已忍无可忍。接下来到底想怎样，他要求拿出一个明确的结论来。为此，给了裕子一个月的"缓刑"时间。

这一个月的时限，在裕子看来，也十分有老公的特色，可以窥见身为教育者的傲慢与居高临下。对待裕子像对待中学生一样，要求妻子"花点时间也可以，赶紧把答卷交上来"。

正确答案是什么，裕子心里清楚。那就是把母亲送进该去的养老院，重新恢复一家三口的生活。这样的做法，因其明智，所以正确。然而，如果选择这个答案，自己恐怕将一生深陷悔恨之中，抱着对老公的怨怼生活下去。至于女儿，则不会遭受巨大的痛苦，应该能一帆风顺地长大成人。一见之下，是个优裕稳定的家庭。只是这一切，都将建立在牺牲母亲的基础上。关于这点，裕子必然一生无法释怀。极可能，对老公的感情自不必提，就连对女儿的爱，也会因此蒙上一层微妙的阴影。

"既然如此，索性离婚好了。"

比起分居之前的生活，裕子觉得，离婚也没什么大不了的。目前，虽说为了请家政阿姨，过着靠存款填补亏空的生活。但就算没有存款，她感觉车到山前也必有路。如果收入只剩下母亲的养老金和自己的薪水，到时候，自然会想出别的办法。确实，如今和母亲的生活，是短暂而临时的，但这些短暂而临时的瞬间，若能一点点积累下去，她相信，必然能找到坚定和扎实的东西。裕子开始在脑子里盘算。包括定期在内，她将所有存款加起来，试着除以每个月的赤字。

“还能撑八个月……”

老公给的一个月期限，眼看还有半个月就要截止了。不过，剩下的这点时间差，她感觉还能替自己再争取几天宽限。

凡事不可太过深想，裕子宽慰自己。别被时间捆绑，绝不要心慌、焦虑。应当从容不迫地考虑最佳解决方案。她发觉，自己成了个钝感、滑稽到不可救药的女人，明明已被逼到了悬崖边，却一点紧迫感都没有。

“凡事自有天意，顺其自然就好。”

她口中嘟哝。自己的命运，正被一种不可违逆的巨大力量所操纵。但这种感觉，反而令她格外舒坦。

确实，裕子的人生仿佛被某种冥冥之力拿捏着、安排着。老公定下的期限还剩一周时，某晚，手机的短信提示灯闪烁起来。刚换的新机型，发信人的名字，如同街头的霓虹灯板，一遍遍从液晶屏上从左至右滑过。望着“新井”两个字，裕子有一种目睹重大新闻的感觉。

——我已经忍到了极限。我们见面吧！

面对短短的一句话，裕子也回复得极为简短。

——我也是。

来回交换了两三通短信，最后，两人约定去以前高轮那家酒店的和食屋见面。青山、六本木一带的人气餐馆，新井都不太了解。新井比较熟悉银座附近的馆子，可反复把地址解释了好几遍，裕子还是一头雾水。

裕子在约好的时间走进店内，新井已在座位上等候。望见裕子的身影，新井马上起身相迎。来之前裕子就寻思，今晚估计他会穿一身藏蓝色西服吧。果然被她猜中。从以往的多次见面看，只有藏蓝色西服与他最为相配。

"抱歉，百忙之中还约你出来。"

"哪里，没那回事。"

两人像初次见面的生人，客客气气地寒暄着。裕子不好意思直视对方的脸，眉眼低垂，仅能瞥见他的肩头。平素她最讨厌穿闪光面料的男性，但新井例外。由于新井臂膀处肌肉饱满结实，可以辨别出西服采用了质地精良的厚面料。身为前橄榄球手，新井的肩膀相当宽厚。把脸埋进这片肩头的记忆，从刚才起便一次次被唤醒。

"好久不见！"

两人举起啤酒干杯。而尴尬的气氛，却并未因此消失。这家店据说牛肉涮锅十分有名，但两人谁都没提这回事，各自点了几样价格中等的怀石料理。

"令堂情况如何？"

"比她自己独居那会儿果然好了许多。服药的效果似乎也不错。认知症的药物，作用能这么强，让我蛮吃惊的。"

这话其实半真半假。生活中也有那么几件麻烦，或叫人郁闷的事，但裕子此刻并不想提。

"那太好啦！环境的改变对认知症不利，是一般常识。令堂住在自己家里，有女儿和外孙女陪在身边，再没有比这更棒的了。"

"那个……"

裕子终于有了谈及那件事的勇气。

"前阵子，收到那封奇怪的邮件，想必你吓了一跳吧？"

裕子三言两语交代了一下来龙去脉。原本打算写一封不会发出的信，来排遣一下心中的愁闷，谁知去泡壶红茶的工夫，患有痴呆症的老妈却鬼使神差地按下了"发送"键。

　　"所以信里的胡言乱语，就麻烦你统统忘掉吧。它们原不该暴露在别人面前，所以应当被立刻抹去。一想到新井先生你读了那些胡话，我就羞耻得恨不能当场去死。"

　　"我当然读了，而且还回复了你。"

　　两人都缄口不再言语。端上桌的汤碗没有揭下盖子，轻微地滋滋作响。相隔两桌之外，几位老年客人不知何故笑了起来。笑声干巴巴的，带着几分落寞。

　　"我想，现在你我的状况有点棘手。"

　　"呃？"

　　"彼此之间，无可救药地相互吸引，至少在我是这样的。"

　　"……"

　　"然而，你我各自都有家庭。况且，谁也不是拎得起放得下的性格，可以推说是一时冲动或逢场作戏，做到全身而退。我们一定是真心相爱的，也必然会有悲哀的结局等在前方。分手的那天迟早会来。尽管已经看到了结果，却仍是情不自禁地踏出了这一步。现在，我感到十分纠结。我想过，最好的办法，就是放弃你，甚至也打算放弃你。可终究还是做不到，所以才给你发了短信。"

　　新井一番急切的告白，被裕子打断。她非这么做不可。

　　"那么遥远的事，不必去想得太多吧？"

　　"放弃"这个词，竟然令自己反应如此急迫。

　　"我承认，将来如何谁也不得而知。但是，别说什么分手的那天迟早要来，什么悲哀的结局等在前方。听起来就仿佛在说，反正早晚会有死去的一天，索性我们就别活了。"

"对啊，说的也是。"

新井点点头。

"或许你会觉得，一个大男人，怎么唠唠叨叨，废话这么多。老实说，我并不是什么忠诚的好男人，我也背叛过自己的妻子。但你在我心里的位置不一样。我真不知道该怎么对你才好。一想到如果靠近你，会给你带来伤害和痛苦，我就害怕得不知所措。"

新井指的是那件事。以前裕子曾和老公以外的男人有过一段私情。结局却十分不幸，被伤得体无完肤。上次见面时，那番情不自禁的倾诉，新井一定还惦在心里。

"别把我想得太玻璃心了。"裕子低声道，"我不是那种需要小心翼翼呵护的娇贵女人。只是……想要活下去而已。"

她抬头望向新井。

"太想太想活下去，不得不拼命挣扎而已。"

"我也一样。"

新井像曾经那样，将手覆在了裕子手上。两人也想过，这一幕或许已被身穿和服的女侍者瞧在了眼里，却并不在意。老年客人再度发出了一阵笑声。但裕子相信，自己与新井的声音，必然与他们完全不同，尚且充满了年轻的生命力。

随后，两人话语渐少。新井只是偶尔发表两三句关于料理的感想。

"我虽说算不上什么美食家，不过下次，很想带你去我相熟的馆子尝一尝。别看都是些烤串店、居酒屋，或是老旧到快要长毛的和食屋。"

"那我一定要去尝尝看。"

"那好，后天吧。"

"这么快……你可真心急呢。"

"不算心急啦。实际上，我恨不能天天见到你。"

新井过于热烈的目光，令裕子羞涩地垂下了眼帘。身为女人，自己果真有幸被男人如此深情地注视吗？果真配得上如此深情的目光吗？最初，裕子总会习惯性地退缩，但很快，一股不可思议的强烈自信便笼罩了她。

"我是个美丽而充满魅力的女人。毕竟，眼前的男人会用如此炽热、仰慕、怜惜的目光注视着我。"

这份底气，绝非醉意使然，也并不来自恋爱中的那些伎俩与心机。裕子早已不去盘算这些东西。只是面对男人的赞美，露出笃定从容的微笑。不必任何人传授，女人天生便懂得这样微笑。

"不管是不是真心话，反正你这样讲，我真的好开心。"

"裕子。"新井低声唤道。

"你我之间，就别再玩那套无聊的情感博弈了。"

是啊，确实。裕子默默赞同。

餐毕，两人打算走出酒店时，发觉外面下着雨。门童撑开一把黑色大伞。

"两位请用吧。"

"可是，什么时候可以归还，我也不太清楚。"

"时间任意。下次您光临时，拿过来就行。"

"那么，一把就好。"

新井没有去接门童手里撑开的伞，而是从伞架中自己选了一把，"砰"的一声，斜斜撑开。

"来吧，请。"

裕子向前踏出一步，走进男人恭候的伞下。伞面宽阔，男人也体格高大。新井斜打着伞，小心不让雨水淋到裕子。

"这阵子的天气预报，真是没个准。明明说今天是多云的啊。"

新井没答话。两人走过入口处长长的通道。春日里花开满枝的美丽樱树，到了这个季节，却一副枯瘦凄寒的姿态。正感慨好似误入了一片暗夜的森林，一辆出租车却亮着车头灯，缓缓自两人身边驶过。

新井极其自然地揽过裕子的肩膀，将她拉至自己身旁。而后他的唇，便落在了她的唇上。裕子没有大惊小怪。作为方才那番谈话的后续，这样的情节，似乎也不足为奇。

新井的唇，软糯而濡湿。也不知为什么，在裕子的想象中，他的唇是干燥的、坚硬的。谁知此刻触到的唇，竟如此柔软而湿润。

雨仍在下。冰冷的雨丝，落在肩膀上、头发上。大概为了拥抱裕子，新井手中的伞歪到了一边。

宽大的雨伞仍无法护住两人全身，能感到雨水顺着头发往下流。或许爱上一个老公以外的男人，便是如此滋味吧。头顶没有任何遮蔽，只能暴露在冷雨之中。缠绵片刻，原以为新井的唇会离去，谁知却再度落了下来。舌头并没有试图纠缠舌头。只有双唇密集的轻啄复轻碾。这时，裕子方才察觉，自己一直在拿新井与其他男人暗暗做着比较，不禁替自己感到羞耻。这一次，她主动将脸迎了上去，寻找着新井的唇。而对方的唇，也更加强劲地袭来，甚至带着一股吸噬力。接着，那两片唇撤离开来，向着裕子的耳垂直奔而去。既是为了亲吻，也是为了呢喃。

"你怎么会这么可爱……"

四十三岁的自己，在男人口中，竟被形容为"可爱"，但裕子丝毫不觉得违和。没错，自己是当之无愧的可爱女人。也许正因如此，男人才会这样疼惜而温柔地对待自己吧？

嘴唇离开时，雨已停歇，两人的肩头也已彻底湿透。新井调整姿势，将歪掉的伞重新打好。接着，紧紧搂住了裕子的肩膀，一遍遍抚弄着她被雨丝打湿的头发。

"终于了解了你的心意……"一面走，他一面喃喃道，"终于了解了你的心意。我真的好开心……"

原来之前你这么不自信？裕子想要打趣，又放弃了。这种略带戏谑的问题，与眼前的静谧空气，似乎格格不入。

走下酒店大门前的斜坡，几辆出租车自二人面前驶过。雨水之中，红色的"空车"两字，在视线中格外清晰。

"我送你回家。"

"不了，今天我自己回去。"

"那这样的话，你得答应后天见面，不然我不高兴。"

新井粗暴地拥住了她。

"后天真的不行哦。"

"那好，本周之内必须见。不管多晚都可以，我一定要见到你。"

"我想想办法。"

目送五六辆出租车驶去，新井总算不情不愿扬了扬手。一辆绿色的空车停在跟前，是位女司机。

裕子拉开门刚打算上车，手却被新井一把攥住。

"下次见。"

"一定哟！"

回程的出租车内，裕子将身体慵懒地陷进后座，才逐渐感受到方才发生的一切分量何其沉重。她无力承受地闭上眼睛。幸福的不安，幸福的哀伤，幸福的罪恶感……所有的负面情绪之前，都有"幸福"做定语，是一种莫大的快乐。这时，手机的消息提示灯亮了。

——爱上你并没有错。今晚能够了解到你的心意，我很幸福。

读着这条短信，裕子露出了微笑。随后又反复品味了多遍，才按下"删除"键。

第二天，两人便发短信敲定了下次见面的日期。不如此便坐立难安。

——新桥车站大楼的地下，有一两家卖炸串或美味鱼肉料理的小店，要不要去尝尝看？

新井提议之后，立即又自己订正：

——那种闹哄哄的小店，我看还是算了。我可不想让你和醉醺醺的老头子坐在一张吧台吃饭。筑地的圣路加医院附近，有家不错的法国菜馆，还是去那里吧。

明白了。如此回复之后，裕子开始盘算该穿什么去约会。各大百货公司的年末酬宾已经开始，她刚入手了一身粗花呢套装。灰与粉红的双色混织面料，格外衬托出她肌肤的娇美。内衬宝蓝色针织打底衫，再搭配一串人造珍珠项链。

"哇，裕子，这颜色太漂亮了，特别适合你。"

早餐桌上，母亲典子高声赞叹。自中学时代起，典子就喜欢对女儿的穿着提出各种辛辣的意见：穿衣配色不能太杂，最好别同时堆砌太多颜色；你这身打扮配上白袜子，看起来太土啦；上衣和裙子的长度根本不搭啊……裕子记得，每次自己都要气哼哼地噘着嘴，和母亲犟上半天。那样的日子早已一去不复返。如今，四十三岁的自己，对母亲的赞美，带着久违的怀念之情开心笑纳了。能够听到母亲夸奖自己穿搭完美，是怎样一种幸福的体验啊。然而，母亲却并不知道，女儿如此精心装扮，是为了和外面的男人幽会。今日，裕子也为了得到男人的恭维，在穿搭上花尽了心思。

"今天公司有个重要的会餐。"

裕子故意匆匆忙忙地交代。

"晚饭我拜托给仓田太太了，你和外婆一起吃哦。"

仓田是家政服务公司派遣来的阿姨，从家务到照顾孩子、老人，她统统都能包圆。从午间到七实放学回家，裕子每天请她来五个小时。时薪一千七百日元，每日合计便是八千五百日元的支出。再加上交通费全包，统共需要九千零四十日元。由于今天的晚饭交给她来做，服务延长一个小时。再者，自己和男人有时会在外面用餐，这么一来，日开销就是一万多日元。然而，自己宁可多花钱，同时欺骗老妈和女儿，也要同男人幽会。明明三天之前才见过面，却已按捺不住迫切见面的心情。蓦然间，"慕男狂"这个词浮现在裕子脑海中。它形容中年女性苦苦迷恋一个男人，不惜抛家舍口、丢弃廉耻的行为。怎么可能呢？自己和那种女人有天壤之别。首先，自己只是和新井有过两次亲吻而已。再说了，新井在短信中不也这样告白了吗？

——爱上你并没有错。今晚能够了解到你的心意，我很幸福。

是想见自己爱慕的男人，还是想见爱慕自己的男人，裕子也分不清楚。但若能和男人单独相处，双手就会被深情地紧握，就会得到对方热切的注视。在幽静无人的地方，就会有缠绵美妙的吻。这些，就会给裕子带来电流掣过全身的陶醉与狂喜。她不由惊讶，被男人亲吻，竟能唤起如此幸福的感受。仿佛自唇间被注入了新的生命能量。因此，一万多日元的花费也好，欺骗母亲和女儿也罢，她全都在所不惜。男人的一句"我爱你"，就能给自己的人生带来彻头彻尾的改变。每一次见面，都会得到对方的肯定与赞美。在这样的宠爱下，哪个女人会不为所动呢？

裕子穿上大衣，在冰箱的留言板上，给家政阿姨留了段话。

"晚饭就拜托了。我买了些猪肉。麻烦做道生姜烧，再做个豆腐汤。"

这时，日历跃入了眼帘。"还有三天。"裕子不由自主出声道。老公逼迫"得拿出个结论来"，给她定下的截止期限，还剩最后三天。也就是说，要这样一直分居下去呢，还是干脆果断地离婚，必须给出个明确的答复。

"还剩三天……"

裕子再次出声嘟哝了一句，却未在心中激起任何波澜。就像自己左思右想、反复为此伤脑筋一样，老公想必也是彷徨再三。可是，比起将自己的生活连根刨起，寻求翻天巨变，谁都更愿意选择眼前的安逸与苟且吧？别看老公下达了通牒，要求一个月后提交答案，但只要自己不主动联络，说不定便能出乎意料地维持现状呢？

和对待巨额的开销一样，如今的裕子，对待约定也满不在乎起来。在巨大的幸福面前，一切代价皆不值一提。她打算把此事也告诉新井。

筑地一带当年幸免于战祸，美军在轰炸东京时，顾虑到这家美丽的基督教医院，以及在押的本国战俘的安全，最终没有向这里投下炸弹。因此，四处可见古旧的商店与小巷。新井指定的餐馆也在其中的某个角落里。由于路太难找，两人约在圣路加大厦内的一家咖啡馆碰面，随后一起步行过去。

绕过一座座低矮建筑，新井抬头望了眼天空，诧异道："咦？怎么滴起雨点了……天气预报可没说下雨啊。"

"哎呀，真的。"

裕子也仰脸望向阴霾重重的天空，却忽然触到了什么温暖的东西。

"头发会湿掉的。"

"雨还没下大呢。"

羞涩之下，裕子有点生硬地回道。她还未习惯，被男人这样温柔地呵护。如果早有预料，那另当别论。突如其来被男人这样怜爱有加，她不知怎么回应才好。

"为什么每次和你在一起都会下雨呢？"

"因为季节如此吧？"

"这么冷冰冰的回答，真是不解风情哪。"

新井放声大笑。

"其实可以去便利店买把伞。不过那种廉价的塑料伞，我总嫌它难看。"

"待会儿吃完饭出来的时候再考虑吧。这点小雨，我感觉很快会停的。"

这家法国餐馆，夹在两家日料店中间，内有约五张餐台，全部坐满了客人。听说新井有预约，两人被领到了最里面的座位。由于处在酒柜背后，空间被遮挡，这个位子单独隔了出来。

"欢迎光临，今天想吃点什么？"

侍酒师似乎便是店主，上前打招呼。过后裕子才从新井口中得知，此人是他大学橄榄球部的学弟。

"这位可是新桥一带无人不知、无人不晓的日式料亭的二代。他没有继承自家的事业，而是远赴法国，修习了侍酒师课程，是个古怪的家伙。"

这位店长兼侍酒师貌似一脸不耐烦，给二人拿来了酒水单。但从他亲切而详细的解说中，可以立刻明白，他并不是个嫌麻烦的人。

"裕子喜欢吃内脏吗？"

"没怎么吃过……"

"这家不是什么格调优雅的高端法国餐馆，据说主打巴黎平民区常见的那种略微不上台面的风味美食。当初这位店主在计划开店前，曾特意考察走访了与巴黎老城区氛围最接近的地段，最终挑中的就是这里。稍微走几步，附近就是河流，那种嘈杂凌乱的感觉，简直与巴黎的平民区如出一辙。"

"哦……这么说，隅田川等于就是塞纳河咯？"

两人都扑哧笑出声来。起初略显拘谨的氛围一扫而空。新井望向自己的热切眼神，令裕子心中暗喜。有过那样炽烈的亲吻与告白之后，再见面时，男人眼底哪怕有一丝失望的荫翳掠过，想必自己也绝不会有勇气坐在这里。

主菜裕子点了道鸭肉，新井点了内脏的慢炖，外加一瓶店主推荐的智利红酒。面对新井的要求，"来一支可以甩开膀子大口痛饮的红酒"，店主苦笑着挑选了这个牌子。

两人上来先碰了一杯。裕子方才搁下酒杯，新井便迫不及待地握住了她的手。酒柜成了二人的掩护，遮挡出一块包厢式的空间。裕子便任由他去了。

"好漂亮的指甲。"新井嘟哝了一声。

这阵子，裕子完全抽不出工夫去美甲沙龙，通常都是自己随便涂涂。但今天她不想将就，离碰面的时间还有三十分钟，便拐去了中央车站某个美甲吧。看一眼架上陈列的指甲油，就知道这是家走年轻化路线的专营店，但裕子并不介意。平时她总是打安全牌，选择保守的棕色调，今天为了搭配衣服，特意挑了款珊瑚粉。她早就猜过，男人可能会握住自己的手。现在果然如愿，她不由心花怒放。而这份欣喜，并不属于得胜的骄矜，只是自己押下的一点小赌注，开到了好彩的兴奋。她忍不住打开话匣，和盘托出了自己那些小心思。

"今天这家美甲吧，我是头一回去。跟一群十几岁的小女生混在一起做了指甲，心里紧张得怦怦跳。"

"是嘛。"

"女人就是这样啦。第一次去发廊，第一次进美甲沙龙，第一次上美容院，都需要相当大的勇气。推开门走进去的刹那，会有种豁出去的感觉。"

一下子絮絮叨叨这么多，裕子忽然有些难为情。干吗把女人这些琐碎的小事冲着新井啰唆呢？刚刚彼此亲吻、确认了心意，就开始大聊什么指甲油啊美容法啊，新井恐怕会觉得这个女人好无脑吧？

"天呀。我说这些，一定很无聊吧？"

"没那回事。听你聊自己的冒险经历，很有意思。"

新井将裕子的手握得更紧了。

"我想听更多你的开心事。"

说的也是啊，裕子心忖。以往和新井聊天，话题净围绕着母亲打转：该怎样和医生打交道；如何保持稳定的状态；今后病情会不会恶化……每一次，新井都能诚恳地聆听并给出建议。对此，裕子由衷地感激，并深怀好感。这是两人一切感情的源头。但此刻，她不愿去碰触两颗心的出发点。

于是，二人聊起了彼此的过往。各自都有家庭的一对男女，唯一聊起来没有禁区的话题，便是学生时代的经历了。新井讲起了他在橄榄球部集训的一件趣事。某日大家聚餐时，不知谁作势要往锅里丢一只蟑螂。另一人怒了，赌气说，"索性做个蟑螂天妇罗好了"。接着，某个做饭拿手的二年级学生，当真把蟑螂裹上面衣，下锅炸了。而醉酒的新井为了恶搞，就趁势捏起蟑螂丢进了嘴里，一嚼之下，酥酥脆脆居然还挺好吃。

　　"哪有这样的，骗人吧你！"

　　"不不，是真的。有个老家在乡下的家伙说，只要把蟑螂想成是蚂蚱，倒也不是不能下咽。"

　　"哇……你少来。人家现在正吃好东西呢。"

　　裕子手心捂住嘴，发出哧哧的笑声。不是吃蟑螂的旧事有多好玩，而是她想象到了，那个离自己千里之遥的、青春期的新井是什么样子。

　　"好想见见学生时代的你啊，一定是个可爱有趣的男孩子吧。"

　　"真见到了，恐怕你正眼都不会瞧我一下。"

　　新井爽直地否认。

　　"除了打球屁也不懂，是个一本书也不乐意读的傻小子。那段时光虽然值得怀念，但若说回到当年什么的，我一点这种念头都没有过。毕竟辛辛苦苦经历了那么多事，学会了那么多道理，才总算成为一个更好的人，况且还遇见了你。"

　　新井又用力攥住了裕子的手。

　　走出店门时，雨仍在下。虽说用不着打伞，但又不到可以悠闲漫步的程度。会下雪吧？怎么办好呢？冬日的冷雨，让裕子左右为难。

　　"叫辆出租车吧？"

　　面对店主的询问，新井回道："不必不必，走到河边，出租车一抓一大把。我俩准备在雨中的巴黎老城区漫步漫步。"

此处离沿河大道还隔着一条街，四下行人稀少。代替上次的雨伞，新井撑开了身上的大衣。

"来吧。"

裕子被大衣密密实实包裹起来。新井又搂紧了她的肩膀。一种不同于老公的男性气味淡淡地藏在衣领间。裕子在这种气息的笼罩下走了一阵子。原以为要去沿河大道，谁知却被新井领着向左拐去。那是夹在低矮建筑当中的一条昏暗小道。对面可以望见河与桥。自黑暗中远眺，被车头灯串起的一排光亮，看上去依稀而朦胧。

从方才起便在等待这一刻的嘴唇凑近前来。带着裕子熟知的触感，濡湿、软糯，都一一印刻在她的记忆里。尽管如此，新井的唇同时亦有裕子所不了解的个性。他大胆地一次次撬开她的双唇，试图捕获她的舌头。岂止。它们更在裕子的发际处温存地厮磨。

"你怎么会这么可爱……"

新井发出呻吟似的呢喃。

"如果能和这么可爱的女人做爱，一定会幸福到不知所措。"

"我只要此刻这样就满足了。"

裕子用手指梳理着男人被雨水打湿的额发。微微撩起遮挡在前额的碎发，一张少年的面庞浮现在眼前。四十岁男人的脸上，竟重现出十几岁少年的模样，这不过意味着，自己是真的深爱这个男人。人生至此，还有什么奢求？

"亲吻之后，再向前一步，就是痛苦了。"

一旦有了肉体的交欢，与男人的关系便会瞬间变得沉重。快乐、忐忑……一切都会闪耀到刺目。而人妻眼中的这道炫光，因其背后有一层罪恶的底色，会越发复杂，越发幻彩迷离、瞬息万变。在裕子为之驻足、眩晕、迷惑之际，不幸却一一上演，伤害接踵而至。其中，刺痛她最深的是，"四十多岁的肉体，是否已被男人厌弃"的自我怀疑。如果不必脱去衣物，仅仅止步于亲吻，男人或许会不吝于"可爱""迷人"之类的赞美。然而，假若一丝不挂地赤裸相见，自己还能得到男人的真爱吗？绝无可能。这并非出于对新井的不信任。裕子只是不愿让深爱自己的男人失望。

一味停留于拥抱、亲吻，彼此绵绵诉说着爱意，心中自然会留有不甘。但在裕子看来，恰是这份不甘，符合上天给予二人的命运。假如新井真的爱自己，就必须对这份命运甘之如饴。

"可是……"

似乎读懂了裕子的心思，新井反驳道："我发疯地想要你。想要完完整整的你。难道不可以吗？"

"忍耐一下吧。我倒想看看，保持这样的状态，我们之间会走到哪一步。"

"感觉真像回到了十几岁。"

新井一面叹息，一面撩开裕子的额发。仿佛要在四十多岁女人的脸上，找出曾经那张少女的面容。

"我不会做违背你意愿的事。绝不会。但是……"

"但是"总会随后而至。

"如果我再提出做爱的要求，也请你务必原谅。"

"抱歉。我绝非什么清心寡欲的卫道士，只是被吓怕了。"

都是那个男人的错。裕子想，自己生平头一次"在结婚之后"，将整个身与心都托付给了伊藤，为此她仍深恨不已。

拒绝了新井送她回家的提议，裕子在银座下了出租车。打开进入餐馆前便关掉了电源的手机。未接来电里显示出一串自家的号码。接着，是七实的手机号。这种情况十分罕有。站在地铁入口，她心底暗暗祈祷着，立即给七实拨了回去。短暂的拨号音后，对面炸响了女儿急切的呼喊："妈妈！妈妈！你在哪里啊！？"

"外婆出事了。今天，我因为社团有活动，回家晚了。然后仓田太太出门买东西的工夫，外婆就不知跑到哪里去了！"

"什么？！"

"然后呢，我就通知了舅舅，请他赶回家来，一起去报了警。可是外婆仍然没有找到。"

"那这会儿，你们人在哪里？"

"在家呢。警察说让我们先回家。我不停地给你打电话，妈妈好讨厌，手机干吗一直关机呀？为什么不回我的电话！"

说到最后，七实已带着哭腔。极度恐慌之下，裕子感到双腿在瑟瑟发抖。就算母亲有时会在做什么事的途中，忽然忘记自己人在哪里，但还从未出现过徘徊行为。病情还算稳定的她，偏偏挑在裕子和男人幽会的这一晚失踪了。

"总之，我现在立刻打车回去。"

说这话的裕子，声音明显颤抖不止。

坐在出租车内，手机又响了。是哥哥真一打来的。

"你在哪儿呢？"

"在车里，正往家赶呢。"

"既然如此，你直接到车站前的中央医院来吧。"

"人找到了？送到医院了？"

"嗯，在公园被人发现了。"

"太好了，妈没事吧？"

裕子放心地发出一声长吁，却被哥哥厉声打断。

"有事没事还不清楚。淋了雨目前正发高烧，医生说或许引发了肺炎。真要是肺炎的话，老年人估计撑不了多久了。"

通话结束后，裕子耳中仍一遍遍循环着那句话。

"撑不了多久了。"

"撑不了多久了。"

许久没听过哥哥的声音了。哪怕住在同一屋檐下，因为自己搬来与母亲同住，兄妹间产生了极深的隔阂。哥哥主动和自己说话，已经时隔数月了吧？尽管如此，他仍是投来了最残酷的一击。不安与愤怒，令裕子半晌难以呼吸。

"撑不了多久了。"

哥哥这句话，仿佛一句咒语。母亲若是当真死在这句诅咒上，该如何才好？如果母亲不在这个世界上了，自己必定也活不下去了。妈妈！妈妈！裕子如同一名幼女，在心中悲切地呼求着母亲，以致极度哀痛之下，忘记了给司机发出指令。车子转过信号灯时，她才总算有力气发出声音。

"不好意思，请一直往国道方向走，去车站前面的环形岛，右手边能看到一家医院！"

司机似乎领会了裕子的意思，二话没说便把车子驶到了医院的夜间出入口。走廊里灯光已熄。尽头处停着几台担架车。裕子瞥了一眼，仿佛它们是什么不祥之物。依照咨询台的指点，她乘上电梯来到四楼。在写有"重症监护室"字样的门前，坐着哥嫂和一身牛仔服的七实。听到裕子的脚步声，七实站起身来。另一个身影也同时站了起来，是老公康彦。他身上那件黄色菱形格纹毛衫，裕子还有印象，是四年前他过生日时，自己送的礼物。这么说来，老公这个月就该过生日了……在母亲安危不明之际，脑子里竟冒出这些念头，连裕子自己也觉得错愕。

"妈妈!"

七实贴过来,死命抱住了她的手臂。从这份急迫,可以感知到自己手机关机这段时间的紧张气氛。

"你一向这么晚回家吗?"

康彦貌似狠狠瞪了裕子一眼。不,确实瞪了一眼。

"七实哭着打电话给我的。把老人、孩子丢在家里,还死活联系不上,到底怎么回事?"

"跟重要客户有个会餐。因为是法国餐馆,想也没想就把手机关掉了。"

嘴上编着借口,裕子直觉地意识到母亲大约没事了。一家子还有心思谈这些无聊的对话,母亲想必问题不大。如果可以,她真希望眼前夫妇俩的争吵,能一直持续下去。可惜,哥哥从旁插话道:

"刚才拍片的结果出来了,不出所料,双肺大面积变白。"

"意思是……?"

"意思是妈患上了肺炎!"

"撑不了多久了",那句咒语,再度在裕子脑中清晰地复活了。

"不过医生说了,老妈心脏情况良好,体力也还不错。这两天如果能加把劲儿,也许还有希望。"

当下的状况,叫人不知该喜还是该悲。但裕子决定选择前者。哥哥继续说道:"要是坐在公园的长椅上倒还好,可听说老妈一直蹲在绿化丛里,所以太晚才找到。一个遛狗的人发现了她。当时老妈光着脚,呆呆地淋在雨里。"

"不是吧?怎么会……"

尽管母亲有时说话前言不搭后语,但自打同住以来,母亲本人也打起了精神，一直表现得还算清醒，为什么会光着脚到处徘徊？而且，为什么偏偏选在今夜，自己和新井幽会的时候呢？

裕子得到许可，戴上白色帽子与口罩，走进了重症监护室。母亲戴着氧气面罩，静静躺在那里。蹲在公园的树丛里时，大约蹲到了什么东西，右边脸颊有一小块擦伤。裕子用手指蘸了蘸唾沫，擦拭着血迹。母亲的面容，并不像想象中苍老。最近刚去美容院做过护理，头发也梳得漂亮整齐。然而，盘踞在她体内的那只怪物，眼看就要挣破皮肤，跳将出来，在自己与男人幽会的时刻，在两人缱绻相拥、激情舌吻的时刻。

"老天爷是在惩罚我吗？"

有一瞬，裕子冒出这样的念头。她被"惩罚"二字震撼到瑟瑟发抖。凭什么自己非得遭受如此惩罚呢？自己的所作所为，算是罪大恶极吗？她下定决心，绝不将母亲的这场意外，和今晚的事联系在一起。最不该有的，就是消极地把一切往负面的方向去想。千万不要拿今晚的事去责备自己，裕子暗暗说给自己听。不这样做的话，所有的一切，真的会成为老天给自己的惩罚。

偏偏在自己和新井互相确认心意的日子里，发生这样的不幸。是巧合，还是报应？唉唉，又忍不住用了"报应"这个词。自己明明没犯什么罪啊……

立在身旁的哥哥开了口。方才他就一副权该如此的神情，一同走进了重症监护室。

"所以，当初早点把妈送进养老院就好了。"

啊……所有人都在指责我。所以我绝不能再指责自己。裕子在心中发誓。

两天后，母亲苏醒了。当时发生的一切，裕子恐怕一辈子也不会忘记。自长长的昏迷中醒来的母亲，眼神虽有些青白，却不见一丝失焦。

"妈……"

刚想大声呼喊，裕子又憋了回去，缓缓地柔声唤道：

"太好了，总算没事了……妈，你已经脱离危险了……"

典子翕动着苍白干燥的嘴唇，问道："你，是哪位？"

——新井先生敬启：

竟然被血肉至亲的生母反问"你是哪位"，这种震撼性的打击，我想自己会永生难忘。自母亲被确诊为认知障碍的那天起，我便预想过，这样的一天恐怕终归要来。但实际上，母亲用打量陌生人的眼神警惕地瞪着我时，那份震惊与悲痛，真不知该如何形容。

我意识到：母亲已彻头彻尾变成了另一个人，完全丧失了认知能力。这么讲，有人或许会认为，我是个冷酷的女儿。然而，此刻的我，实在没有了继续努力的心情。为了和母亲一起生活，我不惜选择了与丈夫分居。可这段日子，究竟有什么意义？正如哥哥的指责，假如早点把母亲送进养老院，这次意外或许便不会发生了吧。悔恨、不甘一再折磨我的结果是，现在的我，麻木得如同一具行尸走肉。

母亲出院后，将会直接转去养老院，和之前不是同一家。据说这家接收了更多失智老人，是哥哥负责找到的。他一再声明，绝不再给我任何乱提意见的机会。

母亲出院的同时，我也将搬出娘家，重回自己家。离婚的理由，摩拳擦掌想要治好母亲的那份心气，全都不知丢到了哪里，又要重返旧日的生活。这半年来，我付出的一切努力，究竟算什么？望着母亲熟睡的脸，我不禁自问。

好久好久不曾联系你，非常抱歉。你为我操了那么多心，我一直不知该怎样开口告诉你这些事。

信写得太长了。读完就请删掉吧。盼望某天能再次见到你。

日下裕子上

——裕子：

你知道二十多天来，我是在怎样的煎熬中度过的吗？这期间，你只冷冷发来一句"母亲住院了"，而我却提心吊胆、寝食难安。

我并不打算像个毛头小子，莽莽撞撞地纠缠你，只是抑制不住地想见你，想见你。无论如何都想见你。不知最近能有机会见到你吗？这点微不足道的请求，我想你应该能够答应吧？毕竟，我们早已真心相许。请给我一点时间好吗？期待看到你元气满满的样子。否则，我会终日不安，无所适从。

新井

每件事都撇开了裕子，一一有了结论。上周末，她被安排当着老哥的面，与老公进行了一番深谈。康彦声称，通过这次分居，他也反省了许多。对妻子照顾母亲的孝心，本该认真给予更多的理解。接下来，岳母虽说即将住进养老院，但裕子可以自由地前去探望，他完全不会介意，并且会尽其所能地给予协助。因此，他唯一的请求是，妻子能结束这种离家分居的状态。不是为了顾全他自己身为教师的颜面，而是考虑到即将迎来青春期的女儿，绝对要避免离婚的伤害。为此，夫妇间必须试着从头来过。妻子珍视母亲的心情，他表示充分的尊重。只是，今后生活的核心，还是应当放在眼前的家人身上。假如一家三口不能幸福，岳母定然也不会快乐。

由于工作关系，康彦可谓口若悬河，不过话语中倒也充满了诚意。老哥一副感慨颇深的模样，劝道："多好的老公啊！扔下这么通情达理的老公，自己搬出去住，裕子你最好反省一下自己。当然，你重视妈的心情，大家都可以理解。"

本周末，康彦会开车帮忙搬行李。裕子会带着七实回家去。待到下周，典子将从医院转入养老院，事情桩桩件件都有了安排。由于目前所在的医院，是家普通综合医院，并非专门面向老年患者，所以医生甚至明确表示，希望典子赶快出院。即便院内设有老人专门的住院部，也只能允许病人待上三个月。

"这样的话，没办法住进养老院的人该怎么办呢？"

"要么被踢皮球，在各个医院里辗转，要么就只能待在家里吧。好在，光凭养老金就能住得起的老年之家，最近也挺多的。只是，话说回来，日本的老人寿命实在太长了，做孩子的，也真够辛苦啊。"

"这番话，再过三十年，我希望还能从老哥嘴里再听一遍。"

裕子语带讥讽。哥哥却似乎浑然不觉。

结束店里的工作后，裕子每晚都会往医院跑。探视时间截止到八点，她经常逾时才赶到。但没关系，护士们都知道典子马上要出院，会态度如常地和裕子打招呼。

典子从床上坐了起来，正在看电视，大概内容挺有趣吧，时不时发出笑声。

"刚才我在车站前面买了份章鱼烧，赶快趁热吃吧。反正医院的伙食肯定不好吃吧？瞧，我还买了热茶来呢。"

"哎呀，看起来好美味。谢谢啦。"

典子一口气连吞了两只章鱼烧，腮帮子鼓鼓地说道："多谢您对我这么费心。我家女儿要是能早点来，就不用给您添麻烦了。"

在回家的巴士中，裕子掏出手机发了条短信。

——本周六我要搬回家了。周五的话，或许有时间见上一面。

眨眼间，回信就到了。裕子猜测，新井肯定一直把手机放在身边，等待着自己的联络吧。新井的回复只有简短两句。

——那么周五见。地点在高轮那家酒店，房间号稍后我再通知你。

手机似乎瞬间沉重起来。没想到，他竟如此直接付诸了行动。不，说没想到是假的。这一天迟早会来，对此她早已心里有数。害怕陷入纠缠不清的麻烦，不管如何相爱，裕子都不愿迈出最后这一步。明明曾口头约法三章，新井不是也答应了吗？难道他懒得再骗自己了吗？

下了巴士，走回家的途中，手机的提示音再次响起。

——旧馆一五四二号室。请一定要来。

一面按下"删除"键，裕子一面推开了家门。这个家里今晚没有母亲的身影，她冲女儿说："我回来了。"

为何自己没有丝毫犹豫呢？裕子觉得不可思议。一点迟疑或彷徨都没有，她便下了决心，周五傍晚六点，会去那个酒店房间赴约。

洗完澡之后，她同往常一样站到镜子前，打算涂抹身体乳，镜中映出她的双乳。但裕子认为，此时不宜去做这种自我检视，并非因为会丧失自信，而是思考自己的身体看在男人眼中是什么感觉，这件事本身太过鄙俗。自己和新井也有可能将度过一段严肃的时光，别去想这些无聊的事了，她告诫自己。

内衣也没买新的。当然，她不会穿着洗到发旧的内衣赴约，而是从衣柜里选了套平素自己喜欢的。这时，"斩男款"三个字莫名浮现在脑海里，让她有种吞了苍蝇的感觉。

但更加萦绕不去的，是母亲疑惑的脸，她再三反问："你，是哪位？"

那张脸一步步占领了她的头脑与心思，在那里隔离出一片安静、雪白的区域。"不伦恋""斩男款"之类的词汇，根本没有进入这片空间的权利。

当日，裕子身穿淡粉色套装，戴上母亲留下的珍珠首饰，仿佛参加宴会的贵宾。但没法子，不管怎样，她只想装扮得隆重一点。

这间酒店的餐厅，她来过几次，但依然不清楚电梯的位置，原来就在前台旁边。傍晚六点，恰好是客人出入的高峰时段。裕子却并不畏缩。

轻轻敲了两下门，房门立刻在她面前敞开了，似乎新井早已守候在门内。不待房门关好，新井便用力抱住了她，一阵长吻过后，才开口道："还以为你不会来了……"

"为什么你会这样想？"

裕子抚摩着男人的头发，与老公的发质不同，手感粗硬、清爽。男人与婴儿一样，抚摩着他们的发丝，内心会越来越柔软，涌起一种怜爱之意。

"好啦，到那屋去吧。"

新井牵起裕子的手，推开了隔壁房间的门。右侧的床头灯下，放着本读到一半的新书。

男人没有预订大床房，也不曾准备香槟或红酒，这些都令裕子感到满意。房间温暖得刚刚好，床罩早已除下。

两人相拥着，如同坍垮的墙，倒向左侧的床。裕子极其流利且自然地褪去了自己的外套。新井的左手，苦苦摸索着她裙子的拉链。她伸手去搭救了他。隔着他身上的白衬衫，两人静静抱了片刻。

"终于走到了这一步……"

男人溢出一声深深的叹息。

"从开始你我就注定会有这一刻，谁知却花了那么久……"

"我却觉得这一刻来得太快了……"

"快什么快啊！"

新井忽而坐起身，猛然加快了速度。裕子的打底衫被剥走，胸罩也被两三下解除了防御。四十三岁的裕子，乳房略见松弛，但不曾失去丰满。她斜斜蜷曲着身子，避免仰面的体态。仰躺会使胸部的曲线消失到近乎水平。这点小小的心机当被允许吧。男人缓缓掬起那团丰盈的隆起，并未发出一句赞美。这也令裕子满意。他对裕子身体的朝拜，经由动作已表露无疑。

"裕子。"

男人轻唤她的名字，将她的手引领至他腿间，大小和硬度都让裕子微微惊叹。

"都怪你。从刚才起，我已经等不及了。"

同时，男人的手指在裕子双腿间蠕行，湿润，不如说泉涌，汩汩流淌的生命之水。此时，母亲的声音又在她耳边复苏。

"你，是哪位？"

我活着，依然年轻，潮润的体内，澎湃着不可遏止的洪流。我化身一汪泉眼，湛清的泉水，涓涓不绝。而在这清流中，有什么正徐徐前来，是坚硬、硕大的异物……不，在这急流中突进、冲刺的，是早已与命运约定的生命橡梁。它强悍而有力，直贯裕子体内，将她的一切牢牢固定，仿佛再也无意撤离。裕子无数次为之欢叫。

不知时间过去了多久。终于，新井摩挲着她的发丝，开了口。

"你我早已难分难舍了，不是吗？"

裕子点点头。

"虽说各自都有家庭，但这也无可奈何。所以必须谨慎地守护着这段关系，小心翼翼地往前走。好吗……"

他轻咬她的耳垂。这是最美妙的情话，即将登场的前奏。

"没想到，我还会如此深刻地爱上一个人。裕子，我是真的爱你。"

"我也是。"

"让我们一直、一直走下去吧，走到我们变成老头子老太太的那一天，好吗？"

走到无法认出彼此的那一天。话到嘴边，又被裕子咽了回去。她伸手揽住男人的脖子。

"好啊，一直、一直……就这么说定了。"

不知不觉间，周遭的黑暗，已越发幽深而寂静。